이육사 작품선집

광야

1. 시

2. 수필

3. 평문

큰글한국문학선집
: 이육사 작품선집

1. 시

황혼

내 골방의 커―텐을 걷고
정성된 맘으로 황혼을 맞아들이노니
바다의 흰 갈매기들 같이도
인간은 얼마나 외로운 것이냐

황혼아 네 부드러운 손을 힘껏 내밀라
내 뜨거운 입술을 맘대로 맞추어보련다
그리고 네 품안에 안긴 모든 것에
나의 입술을 보내게 해다오

저―십이성좌(十二星座)[1]의 반짝이는 별들에게도
종소리 저문 삼림 속 그윽한 수녀들에게도
시멘트 장판 위 그 많은 수인(囚人)들에게도

---

1) 황도십이궁(黃道十二宮).

의지가지없는[2] 그들의 심장이 얼마나 떨고 있는가

고비사막을 걸어가는 낙타 탄 행상대에게나
아프리카 녹음 속 활 쏘는 토인들에게라도
황혼아 네 부드러운 품안에 안기는 동안이라도
지구의 반쪽만을 나의 타는 입술에 맡겨다오

내 오월의 골방이 아늑도 하니
황혼아 내일도 또 저 푸른 커—튼을 걷게 하겠지
암암(暗暗)히[3] 사라지는 시냇물 소리 같아서
한번 식어지면 다시는 돌아올 줄 모르나보다

---

2) 의지할 만한 대상이 없는. 또는 다른 방도가 없는.
3) 1. 기억에 남은 것이 눈앞에 아른거리는 듯하게. 2. 깊숙하고 고요하게. 『신조선』(1935.12.)에 발표된 원전에는 '정정히(情情히)'로 되어 있다.

청포도

내 고장 칠월은
청포도가 익어가는 시절

이 마을 전설이 주절이주절이 열리고
먼 데 하늘이 꿈꾸며 알알이 들어와 박혀

하늘 밑 푸른 바다가 가슴을 열고
흰 돛 단 배가 곱게 밀려서 오면

내가 바라는 손님은 고달픈 몸으로
청포(淸袍)4)를 입고 찾아온다고 했으니

---

4) 조선시대에, 사품·오품·육품의 벼슬아치가 공복(公服)으로 입던 푸른 도포.

내 그를 맞아 이 포도를 따먹으면
두 손은 함뿍5) 적셔도 좋으련

아이야 우리 식탁엔 은쟁반에
하이얀 모시 수건을 마련해 두렴

---

5) '함빡'의 북한어.

노정기(路程記)

목숨이란 마치 깨어진 뱃조각

여기저기 흩어져 마을이 구죽죽한 어촌보다 어설
프고

삶의 티끌만 오래 묵은 포범(布帆)[6]처럼 달아매였다.

남들은 기뻤다는 젊은 날이었건만

밤마다 내 꿈은 서해를 밀항하는 짱크[7]와 같애

소금에 절고 조수(潮水)에 부풀어 올랐다.

항상 흐릿한 밤 암초를 벗어나면 태풍과 싸워 가고

전설에 읽어본 산호도(珊瑚島)는 구경도 못하는

그곳은 남십자성이 비쳐 주도 않았다.

---

6) 베돛.
7) 정크(Junk). 중국에서, 연해나 하천에서 사람이나 짐을 실어 나르는 데 쓰던 배.

쫓기는 마음 지친 몸이길래
그리운 지평선을 한숨에 기오르면
시궁치8)는 열대식물처럼 발목을 오여쌌다.

새벽 밀물에 밀려온 거미이냐
다 삭아빠진 소라 껍질에 나는 붙어왔다
머一ㄴ 항구의 노정(路程)에 흘러간 생활을 들여
다보며

---

8) 시궁발치. 시궁의 근처.

연보(年譜)

〈너는 돌다릿목에서 쥐왔다〉던
할머니 핀잔이 참이라고 하자

나는 진정 강 언덕 그 마을에
버려진 문바지였는지 몰라

그러기에 열여덟 새봄은
버들피리 곡조에 불어 보내고

첫사랑이 흘러간 항구의 밤
눈물 섞어 마신 술 피보다 달더라

공명이 마다곤들 언제 말이나 했나
바람에 붙여 돌아온 고장도 비고

서리 밟고 걸어간 새벽길 위에
간(肝)잎만 새하얗게 단풍이 들어

거미줄만 발목에 걸린다 해도
쇠사슬을 잡아맨 듯 무거워졌다

눈 위에 걸어가면 자욱이 지리라고
때로는 설레이며 바람도 불지

절정(絶頂)

매운 계절의 채찍에 갈겨
마침내 북방으로 휩쓸려 오다

하늘도 그만 지쳐 끝난 고원(高原)
서릿발 칼날진 그 위에 서다

어디다 무릎을 꿇어야 하나
한발 재겨 디딜 곳조차 없다

이러매 눈감아 생각해 볼 밖에
겨울은 강철로 된 무지갠가 보다.

아편(鴉片)

나릿한[9) 남만(南蠻)[10)의 밤
번제(燔祭)[11)의 두렛불 타오르고

옥돌보다 찬 넋이 있어
홍역이 만발하는 거리로 쏠려

거리엔 노아의 홍수 넘쳐나고
위태한 섬 위에 빛난 별 하나

너는 그 알몸동아리 향기를

---

9) (기)나릿하다. (북한어) 냄새, 공기, 소리가 사람의 감각 기관을 약하게 자극하
   는 데가 있다.
10) 예전에, 중국에서 남쪽의 오랑캐라는 뜻으로 남쪽 지방에 사는 민족을 낮잡아
   이르던 말.
11) 구약 시대에, 짐승을 통째로 태워 제물로 바친 제사. 안식일, 매달 초하루와
   무교절, 속죄제에 지냈다.

봄마다 바람 실은 돛대처럼 오라

무지개같이 황홀한 삶의 광영(光榮)
죄와 곁들여도 삶직한 누리.

나의 뮤－즈

아주 헐벗은 나의 뮤－즈는
한번도 기야 싶은 날이 없어
사뭇 밤만을 왕자처럼 누려 왔소

아무것도 없는 주제였만도
모든 것이 제 것인 듯 버티는 멋이야
그냥 인드라12)의 영토를 날아도 다닌다오

고향은 어디라 물어도 말은 않지만
처음은 정녕 북해안 매운 바람 속에 자라
대곤(大鯤)13)을 타고 다녔단 것이 일생의 자랑이죠

---

12) 인도의 베다 신화에 나오는 비와 천둥의 신.
13) 곤. 곤붕. 『장자』에 나오는 상상의 큰 물고기와 새.

계집을 사랑커든 수염이 너무 주체스럽다도
취하면 행랑 뒷골목을 돌아서 다니며
복(袱)14) 보다 크고 흰 귀를 자주 망토로 가리오

그러나 나와는 몇 천겁(千劫) 동안이나
바로 비춰 녹아나는 듯한 돌샘가에
향연이 벌어지면 부르는 노래란 목청이 외골수요

밤도 시진하고15) 닭소리 들릴 때면
그만 그는 별 계단을 성큼성큼 올라가고
나는 촛불도 꺼져 백합꽃 밭에 옷깃이 젖도록 잤소

---

14) 보자기.
15) (기)시진하다. 기운이 빠져 없어지다.

교목(喬木)

푸른 하늘에 닿을 듯이
세월에 불타고 우뚝 남아 서서
차라리 봄도 꽃피진 말아라

낡은 거미집 휘두르고
끝없는 꿈길에 혼자 설레이는
마음은 아예 뉘우침 아니라

검은 그림자 쓸쓸하면
마침내 호수 속 깊이 거꾸러져
차마 바람도 흔들진 못해라

아미(娥眉)

: 구름의 백작부인

향수(鄕愁)에 철나면 눈썹이 기난이요
바다랑 바람이랑 그 사이 태어났고
나라마다 어진 풍속에 자랐겠죠.

짙푸른 깁장(帳)16)을 나서면 그 몸매
하이얀 깃옷은 휘둘러 눈부시고
정녕 왈츠라도 추실란가봐요.

햇살같이 펼쳐진 부채는 감춰도
도톰한 손결 교소(嬌笑)를 가루어서
공주의 홀(笏)17)보다 깨끗이 떨리오.

---

16) '깁'은 명주실로 바탕을 조금 거칠게 짠 비단. '깁장'은 깁으로 만든 모기장이나 장막.
17) 조선시대에, 벼슬아치가 임금을 만날 때에 손에 쥐던 물건.

언제나 모듬에 지쳐서 돌아오면
꽃다발 향기조차 기억만 새로워라
찬 젓대 소리에다 옷끈을 흘려보내고

촛불처럼 타오른 가슴속 사념은
진정 누구를 애끼시는 속죄라오
발 아래 가득히 황혼이 나우리치오.

달빛은 서늘한 원주(圓柱) 아래 듭시면
장미(薔薇) 쩌 이고 장미(薔薇) 쩌 흩으시고
아련히 가시는 곳 그 어딘가 보이오.

자야곡(子夜曲)

수만 호 빛이래야 할 내 고향이언만
노랑나비도 오잖는 무덤 위에 이끼만 푸르리라

슬픔도 자랑도 집어 삼키는 검은 꿈
파이프엔 조용히 타오르는 꽃불도 향기론데

연기는 돛대처럼 날려 항구에 들고
옛날의 들창마다 눈동자엔 짜운 소금이 저려

바람 불고 눈보라 치잖으면 못 살리라
매운 술을 마셔 돌아가는 그림자 발자취 소리

숨막힐 마음속에 어데 강물이 흐르느뇨
달은 강을 따르고 나는 차디 찬 강 맘에 드리느라

수만 호 빛이래야 할 내 고향이언만
노랑나비도 오잖는 무덤 위에 이끼만 푸르러라.

호수

내어달리고 저운 마음이련마는
바람에 씻은 듯 다시 명상하는 눈동자

때로 백조를 불러 휘날려 보기도 하건만
그만 기슭을 안고 돌아누워 흑흑 느끼는 밤

희미한 별 그림자를 씹어 놓이는 동안
자줏빛 안개 가벼운 명모(瞑帽)18)같이 나려씌운다.

---

18) '멱모(幎冒)'의 오식으로 추정. 또는 멱목(幎目). 소렴(小殮)할 때 시체의 얼굴을 싸매는 헝겊.

소년에게

차디찬 아침 이슬
진주가 빛나는 못가
연꽃 하나 다복히[19) 피고

소년아 네가 낳다니
맑은 넋에 깃들여
박꽃처럼 자랐세라

큰 강 목놓아 흘러
여울은 흰 돌쪽마다
소리 석양을 새기고

너는 준마 달리며

---

19) (기)다복하다. 풀이나 나무 따위가 아주 탐스럽게 소복하다.

죽도(竹刀) 저 곧은 기운을
목숨같이 사랑했거늘

거리를 쫓아다녀도
분수(噴水) 있는 풍경 속에
동상답게 서 봐도 좋다

서풍(西風) 뺨을 스치고
하늘 한가 구름 뜨는 곳
희고 푸른 지음을 노래하며

노래 가락은 흔들리고
별들 춥다 얼어붙고
너조차 미친들 어떠랴

강 건너간 노래

섣달에도 보름께 달 밝은 밤
앞 내강(江) 쨍쨍 얼어 조이던 밤에
내가 부른 노래는 강 건너 갔소

강 건너 하늘 끝에 사막도 닿은 곳
내 노래는 제비같이 날아서 갔소

못 잊을 계집애나 집조차 없다기
가기는 갔지만 어린 날개 지치면
그만 어느 모랫불에 떨어져 타 죽겠소

사막은 끝없이 푸른 하늘이 덮여
눈물 먹은 별들이 조상[20]오는 밤

밤은 옛일을 무지개보다 곱게 짜내나니
한 가락 여기 두고 또 한 가락 어데멘가
내가 부른 노래는 그 밤에 강 건너 갔소

---

20) 남의 죽음에 대하여 슬퍼하는 뜻을 드러내어 상주(喪主)를 위문함. 조문.

파초

항상 앓는 나의 숨결이 오늘은
해월(海月)처럼 게을러 은빛 물결에 뜨나니

파초 너의 푸른 옷깃을 들어
이닷 타는 입술을 축여 주렴

그 옛적 사라센의 마지막 날엔
기약 없이 흩어진 두 날21) 넋이었어라

젊은 여인들의 잡아 못 논 소매끝엔
고운 손금조차22) 아직 꿈을 짜는데

---

21) '두 낱'의 오식으로 추정.
22) '손금조차'의 오식.

먼 성좌(星座)와 새로운 꽃들을 볼 때마다
잊었던 계절을 몇 번 눈 위에 그렸느뇨

차라리 천년 뒤 이 가을밤 나와 함께
빗소리는 얼마나 긴가 재어 보자

그리고 새벽하늘 어디 무지개 서면

반묘(班猫)23)

어느 사막의 나라 유폐된 후궁(后宮)의 넋이기에
몸과 마음도 아롱져 근심스러워라

칠색(七色) 바다를 건너서 와도 그냥 눈동자에
고향의 황혼을 간직해 서럽지 않뇨

사람의 품에 깃들면 등을 굽히는 짓새
산맥을 느낄사록 끝없이 게을러라

그 적은 포효는 어느 조선(祖先) 때 유전이길래
마노(瑪瑙)24)의 노래야 한층 더 잔조우리라.

---

23) '가뢰'를 한방에서 이르는 말. 성질이 차고 독성이 있으며 나력(瘰癧)에 쓴다.
24) 석영, 단백석(蛋白石), 옥수(玉髓)의 혼합물.

그보다 뜰 안에 흰나비 나즉이 날아올 땐
한낮의 태양과 튤립 한 송이 지킴직하고[25]

---

25) '지킴직하다'의 오식으로 추정.

독백

운모(雲母)처럼 희고 찬 얼굴
그냥 주검에 물든 줄 아나
내 지금 달 아래 서서 있네

높대보다 높다란 어깨
얕은 구름쪽 거미줄 가려
파도나 바람을 귀밑에 듣네

갈매긴 양 떠도는 심사
어디 하난들 끝간 델 아리
으룻한[26] 사념을 기폭에 흘리네

---

26) '오롯한'의 오식으로 추정.

선창(船窓)마다 푸른 막 치고
촛불 향수(鄕愁)에 찌르르 타면
운하(運河)는 밤마다 무지개 지네

박쥐같은 날개나 펴면
아주 흐린 날 그림자 속에
떠서는 날잖는 사복[27]이 됨세

닭소리나 들리면 가랴
안개 뽀얗게 나리는 새벽
그곳을 가만히 나려서 감세

---

27) '사북'의 옛말. 문고리나 배목을 박는 데에 튼튼하고 보기 좋게 하기 위하여
양쪽에 끼워 넣는 둥그스름한 쇠붙이 조각. 돈짝, 꽃잎, 나비 따위의 모양이
있다.

일식(日蝕)

쟁반에 먹물을 담아 비쳐 본 어린 날
불개는 그만 하나밖에 없는 내 날을 먹었다

날과 땅이 한 줄 우에 돈다는 고 순간만이라도
차라리 헛말이기를 밤마다 정녕 빌어도 보았다

마침내 가슴은 동굴보다 어두워 설레인고녀
다만 한 봉오리 피려는 장미 벌레가 좀치렸다

그래서 더 예쁘고 진정 덧없지 아니하냐
또 어디 다른 하늘을 얻어 이슬 젖은 별빛에 가꾸
련다

해후

모든 별들이 비취계단(翡翠階段)을 나리고 풍악소리 바로 조수처럼 부풀어 오르던 그 밤 우리는 바다의 전당을 떠났다

가을꽃을 하직하는 나비모양 떨어져선 다시 가까이 되돌아보곤 또 멀어지던 흰 날개 위엔 볕살도 따갑더라

머나먼 기억은 끝없는 나그네의 시름 속에 자라나는 너를 간직하고 너도 나를 아껴 항상 단조한 물결에 익었다

그러나 물결은 흔들려 끝끝내 보이지 않고 나조차 계절풍의 넋이 같이 휩쓸려 정치못 일곱 바다에 밀

렸거늘

　너는 무슨 일로 사막의 공주(公主) 같아 연지 찍은
붉은 입술을 내 근심에 표백된 돛대에 거느뇨 오 안
타까운 신월(新月)

　때론 너를 불러 꿈마다 눈덮인 내 섬 속 투명한
영락(玲珞)[28]으로 세운 집안에 머리 푼 알몸을 황금
항쇄(項鎖)[29] 족쇄(足鎖)로 매어 두고

　귓밤에 우는 구슬과 사슬 끊는 소리 들으며 나는

---

28) ‘瓔珞’의 오식. 구슬을 꿰어 만든 장신구. 목이나 팔 따위에 두른다.
29) 죄인에게 씌우던 형틀. 두껍고 긴 널빤지의 한끝에 구멍을 뚫어 죄인의 목을
　　끼우고 비녀장을 질렀다. 칼.

이름도 모를 꽃밭에 물을 뿌리며 머―ㄴ 다음날을 빌었더니

꽃들이 피면 향기에 취한 나는 잠든 틈을 타 너는 온갖 화판(花瓣)을 따서 날개를 붙이고 그만 어디로 날러 갔더냐

지금 놀이 나려 선창(船窓)이 고향의 하늘보다 둥글거늘 검은 망토를 두르기는 지나간 세기의 상장 (喪章)같애 슬프지 않은가

차라리 그 고운 손에 흰 수건을 날리렴 허무의 분수령에 앞날의 깃발을 걸고 너와 나와는 또 흐르자 부끄럽게 흐르자

광야

까마득한 날에
하늘이 처음 열리고
어데 닭 우는 소리 들렸으랴

모든 산맥들이
바다를 연모해 휘달릴 때도
차마 이곳을 범하던 못하였으리라

끊임없는 광음을
부지런한 계절이 피어선 지고
큰 강물이 비로소 길을 열었다

지금 눈 내리고
매화 향기 홀로 아득하니

내 여기 가난한 노래의 씨를 뿌려라

다시 천고(千古)의 뒤에
백마 타고 오는 초인(超人)이 있어
이 광야에서 목놓아 부르게 하리라

꽃

동방은 하늘도 다 끝나고
비 한 방울 나리잖는 그 땅에도
오히려 꽃은 빨갛게 피지 않는가
내 목숨을 꾸며 쉬임 없는 날이여

북쪽 툰드라에도 찬 새벽은
눈 속 깊이 꽃 맹아리가 옴작거려
제비떼 까맣게 날라오길 기다리나니
마침내 저버리지 못할 약속이여

한 바다복판 용솟음치는 곳
바람결 따라 타오르는 꽃성(城)에는
나비처럼 취하는 회상(回想)의 무리들아
오늘 내 여기서 너를 불러 보노라

말

흐트러진 갈기
후주근한 눈
밤송이 같은 털
오! 먼 길에 지친 말
채찍에 지친 말이여!

수긋한 목통
축 처-진 꼬리
서리에 번쩍이는 네 굽
오! 구름을 헤치려는 말
새해에 소리칠 흰말이여!

춘수 삼제(春愁 三題)

1

이른 아침 골목길을 미나리 장수가 기르게 외고 갑니다.

할머니의 흐린 동자(瞳子)는 창공에 무엇을 달리시는지,

아마도 ×에 간 맏아들의 입맛을 그려나 보나봐요.

2

시냇가 버드나무 이따금 흐느적거립니다,

표모(漂母)30)의 방망이 소린 왜 저리 모날까요,

쨍쨍한 이 볕살에 누더기만 빨기는 짜증이 난 게죠.

3

빌딩의 피뢰침에 아지랑이 걸려서 헐떡거립니다,

돌아온 제비떼 포사선(抛射線)[31]을 그리며 날아 재재거리는 건,

깃들인 옛 집터를 찾아 못 찾는 괴롬 같구료.

---

30) 빨래하는 나이 든 여자.
31) '원뿔 곡선'의 전 용어.

실제(失題)

하늘이 높기도 하다
고무풍선 같은 첫겨울 달을
누구의 입김으로 불어올렸는지?
그도 반 너머 서쪽에 기울어졌다

행랑 뒷골목 휘젓한 상술집엔
팔려 온 냉해지(冷害地) 처녀(處女)를 둘러싸고
대학생의 지질숙한 눈초리가
사상선도(思想善導)의 염탐 밑에 떨고만 있다

〈라디오〉의 수양강화(修養講話)가 끝이 났는지?
마ー장[32] 구락부 문간은 하품을 치고

---

32) '마장'은 마작의 북한어.

〈빌딩〉 돌담에 꿈을 그리는 거지새끼만
이 도시의 양심을 지키나부다

바람은 밤을 집어 삼키고
아득한 가스 속을 흘러서 가니
거리의 주인공인 해태의 눈깔은
언제나 말갛게 푸르러 오노

한 개의 별을 노래하자

한 개의 별을 노래하자 꼭 한 개의 별을
십이성좌(十二星座) 그 숱한 별을 어찌나 노래하겠니

꼭 한 개의 별! 아침 날 때 보고 저녁 들 때도 보
는 별
우리들과 아-주 친하고 그중 빛나는 별을 노래하자
아름다운 미래를 꾸며 볼 동방의 큰 별을 가지자

한 개의 별을 가지는 건 한 개의 지구를 갖는 것
아롱진 설움밖에 잃을 것도 없는 낡은 이 땅에서
한 개의 새로운 지구를 차지할 오는 날의 기쁜 노
래를
목 안에 핏대를 올려가며 마음껏 불러보자

처녀의 눈동자를 느끼며 돌아가는 군수야업(軍需夜業)의 젊은 동무들

푸른 샘을 그리는 고달픈 사막의 행상대도 마음을 축여라

화전(火田)에 돌을 줍는 백성들도 옥야천리(沃野千里)를 차지하자

다 같이 제멋에 알맞는 풍양(豊穰)[33]한 지구의 주재자(主宰者)로

임자 없는 한 개의 별을 가질 노래를 부르자

한 개의 별 한 개의 지구 단단히 다져진 그 땅 위에

---

33) 풍년이 들어 곡식이 잘 여묾.

모든 생산의 씨를 우리의 손으로 휘뿌려 보자

앵속(嬰粟)34)처럼 찬란한 열매를 거두는 찬연(餐
宴)엔

예의에 끌림 없는 반취(半醉)의 노래라도 불러 보자

염리한35) 사람들을 다스리는 신이란 항상 거룩하
시니

새 별을 찾아가는 이민(移民)들의 그 틈엔 안 끼어
갈 테니

새로운 지구에단 죄 없는 노래를 진주처럼 흩이자

한 개의 별을 노래하자 다만 한 개의 별일망정

---

34) '罌粟'의 오기. 罌粟은 양귀비(식물).
35) 사바의 더러움을 싫어하며 떠나는 일인 '厭離'로 추정.

한 개 또 한 개 십이성좌(十二星座) 모든 별을 노
래하자.

해조사(海潮詞)

동방(洞房)을 찾아드는 신부(新婦)의 발자취같이
조심스리 걸어오는 고이한 소리!
해조(海潮)의 소리는 네모진 내 들창을 열다
이 밤에 나를 부르는 이 없으련만?

남생이 등같이 외로운 이 서―ㅁ 밤을
싸고 오는 소리! 고이한 침략자여!
내 보고(寶庫)를 문을 흔드는 건 그 누군고?
영주(領主)인 나의 한 마디 허락도 없이

⟨코―카서스⟩ 평원을 달리는 말굽 소리보다
한층 요란한 소리! 고이한 약탈자여!
내 정열밖에 너들에 뺏길 게 무엇이료
가난한 귀양살이 손님은 파려하다.

올 때는 왜 그리 호기롭게 몰려와서
너들의 숨결이 밀수자(密輸者)같이 헐떼느냐
오─그것은 나에게 호소하는 말 못할 울분인가?
내 고성(古城)엔 밤이 무겁게 깊어 가는데

쇠줄에 끌려 걷는 수인(囚人)들의 무거운 발소리!
옛날의 기억을 아롱지게 수놓는 고이한 소리!
해방을 약속하던 그날 밤의 음모를
먼동이 트기 전 또다시 속삭여 보렴인가?

검은 베일을 쓰고 오는 젊은 여승(女僧)들의 부르
짖음
고이한 소리! 발밑을 지나며 흑흑 느끼는 건
어느 사원(寺院)을 탈주해 온 어여쁜 청춘의 반역

인고?

　시들었던 내 항분(亢奮)도 해조처럼 부풀어 오르는 이 밤에

이 밤에 날 부를 이 없거늘! 고이한 소리!
광야를 울리는 불 맞은 사자의 신음인가?
오 소리는 장엄한 네 생애의 마지막 포효!
내 고도(孤島)의 매태[36] 낀 성곽을 깨트려 다오!

산실(産室)을 새어 나는 분만의 큰 괴로움!
한밤에 찾아올 귀여운 손님을 맞이하자
소리! 고이한 소리! 지축이 메지게[37] 달려와

---

36) 이끼.
37) (기)메지다. '미어지다'의 방언(함북).

고요한 섬 밤을 지새게 하난고녀.

거인의 탄생을 축복하는 노래의 합주!
하늘에 사무치는 거룩한 기쁨의 소리!
해조는 가을을 불러 내 가슴을 어루만지며
잠드는 넋을 부르다 오-해조! 해조의 소리!

초가

구겨진 하늘은 묵은 얘기책을 편 듯
돌담울이 고성(古城)같이 둘러싼 산기슭
박쥐 나래 밑에 황혼이 묻혀 오면
초가 집집마다 호롱불이 켜지고
고향을 그린 묵화(墨畵) 한 폭 좀이쳐.

띄엄띄엄 보이는 그림 조각은
앞밭에 보리밭에 말매나물 캐러 간
가시내는 가시내와 종달새 소리에 반해
빈 바구니 차고 오긴 너무도 부끄러워
술레짠 두 뺨 위에 모매꽃이 피었고.

그네줄에 비가 오면 풍년이 든다더니
앞내강(江)에 씨레나무 밀려 나리면

젊은이는 젊은이와 뗏목을 타고
돈 벌러 항구로 흘러간 몇 달에
서릿발 잎 져도 못 오면 바람이 분다.

피로 가꾼 이삭에 참새로 날아가고
곰처럼 어린놈이 북극을 꿈꾸는데
늙은이는 늙은이와 싸우는 입김도

벽에 서려 성에 끼는 한겨울 밤은
동리의 밀고자(密告者)인 강물조차 얼붙는다.

-(유폐된 지역에서)-

소공원

한낮은 햇발이
백공작(白孔雀) 꼬리 위에 합북 퍼지고

그 너머 비둘기 보리밭에 두고 온
사랑이 그립다고 근심스레 코고을며

해오래비 청춘을 물가에 흘려보냈다고
쭈그리고 앉아 비를 부르건마는

흰 오리떼만 분주히 미끼를 찾아
자무락질38)치는 소리 약간 들리고

---

38) '무자맥질'의 방언(강원, 경남). 무자맥질은 물속에서 팔다리를 놀리며 떴다
　　 잠겼다 하는 짓.

언덕은 잔디밭 파라솔 돌리는 이국소녀(異國少女) 둘
해당화 같은 뺨을 들어 망향가도 부른다.

남한산성

넌 제왕(帝王)에 길들인 교룡(蛟龍)[39]
화석(化石) 되는 마음에 이끼가 끼어

승천하는 꿈을 길러 준 열수(洌水)[40]
목이 째지라 울어 예가도

저녁 놀빛을 걷어 올리고
어데 비바람 있음직도 않아라.

---

39) 상상 속에 등장하는 동물의 하나. 모양이 뱀과 같고 몸의 길이가 한 길이
    넘으며 넓적한 네발이 있고, 가슴은 붉고 등에는 푸른 무늬가 있으며 옆구리와
    배는 비단처럼 부드럽고 눈썹으로 교미하여 알을 낳는다고 한다.
40) 1. 고조선 때에, '대동강'을 이르던 말. 2. 조선시대에, '한강'을 이르던 말.

광인의 태양

분명 라이풀선(線)을 튕겨서 올라
그냥 화화(火華)처럼 살아서 곱고

오랜 나달 연초(煙硝)에 끄스른
얼굴을 가리면 슬픈 공작선(孔雀扇)41)

거츠는 해협마다 흘긴 눈초리
항상 요충지대(要衝地帶)를 노려 가다

---

41) 조선시대에, 나라의 의식에 쓰던 부채. 붉은빛으로 공작을 화려하게 그린
　　것으로, 자루의 길이가 1.8미터 정도이다.

서풍

서리 빛을 함북 띠고
하늘 끝없이 푸른 데서 왔다.

강바닥에 깔려 있다가
갈대꽃 하얀 위를 스쳐서.

장사(壯士)의 큰 칼집에 숨어서는
귀양 가는 손의 돋대도 불어주고.

젊은 과부의 뺨도 희던 날
대밭에 벌레소릴 가꾸어 놓고.

회한을 사시나무 잎처럼 흔드는
네 오면 불길할 것 같아 좋아라.

서울

어떤 시골이라도 어린애들은 있어 고놈들 꿈결조차 잊지 못할 자랑 속에 피어나 황홀하기 장미빛 바다였다.

밤마다 야광충들의 고운 불 아래 모여서 영화로운 잔체⁴²⁾와 쉴 새 없는 해조(諧調)에 따라 푸른 하늘을 꾀했다는 이야기.

온 누리의 심장을 거기에 느껴 보겠다고 모든 길과 길들 핏줄같이 얼클여서 역마다 느릅나무가 늘어서고

긴 세월이 맴도는 그 판에 고추 먹고 뱅-뱅 찔레

---

42) 잔치.

먹고 뱅—뱅 넘어지면 〈맘모스〉의 해골처럼 흐르는
인광(燐光) 길다랗게.

개아미 마치 개아미다 젊은 놈들 겁이 잔뜩 나 차
마 차마하는 마음은 널 원망에 비겨 잊을 것이었다
깍쟁이.

언제나 여름이 오면 황혼의 이 뿔따귀 저 뿔다귀
에 한 줄씩 걸쳐 매고 짐짓 창공에 노려 대는 거미
집이다 텅 비인.

제발 바람이 세차게 불거든 케케묵은 먼지를 눈보
라마냥 날러라 녹아내리면 개천에 고놈 살무사들
승천을 할는지.

바다의 마음

물새 발톱은 바다를 할퀴고
바다는 바람에 입김을 분다.
여기 바다의 은총이 잠자고 있다.

흰돛[白帆]은 바다를 칼질하고
바다는 하늘을 간질여 본다.
여기 바다의 아량이 간직여 있다.

낡은 그물은 바다를 얽고
바다는 대륙을 푸른 보로 싼다.
여기 바다의 음모가 서리어 있다.

편복(蝙蝠)43)

광명을 배반(背反)한 아득한 동굴에서

다 썩은 들보라 무너진 성채(城砦) 위 너 홀로 돌아다니는

가엾은 박쥐여! 어둠의 왕자여!

쥐는 너를 버리고 부잣집 곳간으로 도망했고

대붕(大鵬)도 북해로 날아간 지 이미 오래거늘

검은 세기(世紀)의 상장(喪章)이 갈가리 찢어질 긴 동안

비둘기 같은 사랑을 한 번도 속삭여 보지도 못한

가엾은 박쥐여! 고독한 유령이여!

앵무와 함께 종알대어 보지도 못하고

---

43) 박쥐.

딱다구리처럼 고목을 쪼아 울니도 못하거니
만호보다 노란 눈깔은 유전(遺傳)을 원망한들 무
엇하랴
서러운 주문일사 못 외일 고민의 이빨을 갈며
종족의 홰를 잃어도 갈 곳조차 없는
가엾은 박쥐여! 영원한 〈보헤미안〉의 넋이여!

제 정열에 못 이겨 타서 죽은 불사조는 아닐망정
공산(空山) 잠긴 달에 울어 새는 두견새 흘리는 피는
그래도 사람의 심금을 흔들어 눈물을 짜내지 않는가!
날카로운 발톱이 암사슴의 연한 간을 노려도 봤을
너의 머─ㄴ 조선(祖先)의 영화롭던 한 시절 역사도
이제는 〈아이누〉의 가계(家系)와도 같이 서러워라!
가엾은 박쥐여! 멸망하는 겨레여!

운명의 제단에 가늘게 타는 향불마저 꺼졌거든
그 많은 새 짐승에 빌붙일 애교라도 가졌단말가?
상금조(相琴鳥)처럼 고운 뺨을 재롱에 팔지도 못
하는 너는
한 토막 꿈조차 못 꾸고 다시 동굴로 돌아가거니
가엾은 박쥐여! 검은 화석의 요정이여!

산

바다가 수건을 날려 부르고
난 단숨에 뛰어 달려서 왔겠죠

천금같이 무거운 엄마의 사랑을
헛된 항도(航圖)에 엮어 보낸 날

그래도 어진 태양과 밤이면 뭇별들이
발아래 깃들여 오오

그나마 나라나라를 흘러 다니는
뱃사람들 부르는 망향가

그야 창자를 끊으면 무얼하겠오

화제(畫題)

도회의 검은 능각(稜角)[44]을 담은
구면은 이랑이랑 떨여
하반기(下半旗)의 새벽같이 서럽고
화강석(花崗石)에 어리는 기아(棄兒)의 찬 꿈
물풀을 나근나근 빠는
담수어의 입맛보다 애달파라

---

44) 1. 물체의 뾰족한 모서리. 2. '모서리각'의 전 용어.

잃어진 고향

제비야
너도 고향이 있느냐

그래도 강남을 간다니
저 높은 재위에 흰 구름 한 조각

제 깃에 묻으면
두 날개가 촉촉이 젖겠구나

가다가 푸른 숲 위를 지나거든
홧홧한 네 가슴을 식혀나가렴

불행히 사막에 떨어져 타죽어도
아이서려야 않겠지

그야 한 떼 날아도 홀로 높고 빨라
어느 때나 외로운 넋이었거니

그곳에 푸른 하늘이 열리면
어쩌면 네 새 고장도 될 범하이

옥룡암에서 신석초에게

뵈올까 바란 마음 그 마음 지난 바람
하루가 열흘같이 기약도 아득해라
바라다 지친 이 넋을 잠재울까 하노라

잠조차 없는 밤에 촉(燭) 태워 앉았으니
이별에 병든 몸이 나을 길 없오매라
저 달 상기 보고 가오니 때로 볼까 하노라

근하석정선생육순(謹賀石庭先生六旬)

천수사옹유육순(天壽斯翁有六旬)

창안호발좌참신(蒼顔皓髮坐참新)

경래일세응다감(經來一世應多感)

요억향산입몽빈(遙憶鄕山入夢頻)

천수가 이 늙은이에게 육순이 되었으니

맑은 얼굴에 흰머리 앉음새가 새로워라

지내 온 한세상 느낌이 많을 텐데

멀리 고향산이 꿈에 자주 오더라

만등동산(晩登東山)

복지당천석(卜地當泉石)　상환공한양(相歡共漢陽)
거작과심대(擧酌誇心大)　등고한일장(登高恨日長)
산심금어냉(山深禽語冷)　시성야색창(詩成夜色蒼)
귀주나하급(歸舟那何急)　성월만원방(星月滿圓方)

〈여(與)　석초(石艸), 여천(黎泉), 춘파(春坡), 동계
(東溪), 민수(民樹) 공음(共吟)〉

천석(泉石) 좋은 곳을 택하여
서로 즐겨서 서울에 같이 있더라
술잔을 드니 마음이 큰 것을 자랑하고
해가 다 지도록 높은 곳에 올랐더라
산이 깊으니 새의 지껄임이 차고
시(詩)를 이루매 밤빛이 푸르러라

돌아가는 배가 왜 이리 급한가
별과 달이 천지에 가득하다

〈신석초, 이원조, 춘파, 동계, 이민수와 함께 읊다〉

주난흥여(酒暖興餘)

주기시정양양란(酒氣詩情兩樣란)
두우초전월성란(斗牛初轉月盛欄)
천애만리지음재(天涯萬里知音在)
노석청하사아한(老石晴霞使我寒)

〈여(與) 춘파(春坡), 석초(石艸), 민수(民樹), 동계
(東溪), 수산(水山), 여천(黎泉) 공음(共吟)〉

술기운과 시정(詩情)이 두 가지 한창인데
북두성은 돌고 달은 난간에 가득하다
하늘 끝 만리 뜻을 아는 이 있으니
늙은 돌 맑은 안개가 나로 하여금 차게 하더라

〈춘파, 신석초, 이민수, 동계, 이원일, 이원조와 함
께 읊다〉

79

큰글한국문학선집
: 이육사 작품선집

2. 수필

창공에 그리는 마음

벌써 데파-트의 쇼윈드는 홍엽(紅葉)으로 장식되었다. 철도안내계(鐵道案內係)가 금강산 소요산 등등 탐승객(探勝客)들에게 특별할인으로 가을의 서비스를 한다고들 떠드니 돌미력같이 둔감인 나에게도 어찌면 가을인가? 싶은 생각도 난다.

외국의 지배를 주사침 끝처럼 날카롭게 감수하는 선량한 행운아들이 감벽(紺碧)1)의 창공을 치여다 볼 때 그들은 매연에 잠긴 도시가 싫다기보다 값싼 향락에 지친 권태의 위치를 바꾸기 위하여는 제비 새끼 같이 경쾌한 장속(裝束)2)에 제각기 시골의 순

---

1) 검은빛이 도는 짙은 청색.
2) 입고 매고 하여 몸차림을 든든히 갖추어 꾸밈. 또는 그런 차림새.

박한 처녀들을 머릿속에 그리며 항구를 떠나는 갑판우의 젊은 마도로스들과도 같이 분주히들 시골로, 시골로 떠나고 만다. 그래서 도시의 창공은 나와 같이 올 데 갈 데 없이 밤낮으로 잉크 칠이나 하고 있는 사람들에게 맡겨진 사유재산인 것도 같다.

그래서 나는 이 천재일시(千載一時)로 얻은 기회를 놓치지 않겠다고 나의 기나긴 생활의 고뇌 속에서 실로 짧은 일순간을 비수의 섬광처럼 맑고 깨끗이 개인 창공에 나의 마음을 그리나니 일망무제! 오직 공이며 허! 이것은 우주의 첫날인 듯도 하며 나의 생의 요람인 것도 같아라.

신은 아무것도 없는 공과 허에서 우주만물을 창조하였다고 그리고 자기의 뜻대로 만들었다고 사람들은 말하거니, 나도 이 공과 허에서 나의 세계를 나의 의사대로 바둑이나 장기를 두는 것처럼 손쉽게 창조한들 어떠랴. 그래서 이 지상의 모든 용납될 수 없는 존재를 그곳에 그려본다 해도 그것은 나의 자유이여라.

그러나 나는 사람이여니 일하는 사람이여니, 한사람

을 그리나 억천만 사람을 그려도 그것은 모두 일하는 사람뿐이어라. 집 속에서도 일을 하고 벌판에서도 일을 하고 산에서도 일을 하고 바다에서도 일을 하나 그것은 창공을 그리는 나의 마음에 수고로움이 없는 것처럼 그들의 하는 일은 수고로움이 없어라. 그리고 유쾌만 있나니 그것은 생활의 원리와 양식에 갈등이 없거늘 나의 현실은 어찌 이다지도 착종(錯綜)이 심한고? 마음은 창공을 그리면서 몸은 대지를 옮겨 디뎌 보지 못하는가?

가을은 반성의 계절이라고 하니 창공을 그리는 마음아 대지를 돌아가자. 그래서 토지의 견문을 창공에 그려보듯이 다시 대지에 너의 마음을 마음대로 그려보자.

질투의 반군성(叛軍城)

형! 부탁하신 원고는 이제 겨우 붓을 들게 되어 편집의 기일에 다행히 맞아질는지는 모릅니다.

그러나 늦게라도 이 붓을 드는 나에게는 다음과 같은 몇 가지의 이유가 있는 것이며 그 이유를 말하는 데서 이 적은 글이 가져야 할 골자가 밝혀질까 합니다.

그 첫째는 형의 몇 차례나 하신 간곡한 부탁에 갚아지려는 나의 미충(微衷)1)이며 둘째는 형의 부탁에 갚아질만한 재료가 없다는 것을 고백합니다.

그것은 다시 말하면 나는 생활을 갖지 못하였다는

---

1) 변변치 못한 충성이라는 뜻으로, 자신의 충성을 겸손하게 이르는 말.

것입니다. 적어도 〈신세리티〉가 없는 곳에는 참다운 생활은 있을 수 없다고 생각하는 현금의 나에게 어찌 보고할 만한 재료가 있으리까? 만약 이 말을 믿지 못하신다면 나는 여기에 재미스런 한 가지 사실을 들어 이상의 말을 증명할까 합니다.

그것은 지나간 칠월입니다. 나는 매우 쇠약해진 몸을 나의 시골에서 그다지 멀지 않은 동해 송도원 (松濤園)으로 요양의 길을 떠났습니다. 그 후 날이 거듭하는 동안 나는 그래도 서울이 그립고 서울 일이 알고 저웠습니다. 그럴 때마다 서울 있는 동무들이 보내 주는 편지는 그야말로 내 건강을 도울 만큼 내 마음을 유쾌하게 하였던 것입니다.

그런데 일전(그것은 형이 나에게 원고를 부탁하시던 날) 어느 친우를 방문하고 오는 길에 어느 책사 (冊肆)에 들렀다가 때마침 『조선 문인 서간집』이란 신간서가 놓였기에 그 내용을 펼쳐 보았더니 그 속에는 내가 여름 동안 해수욕장에서 받은 편지 중에 가장 주의했던 편지 한 장이 전문 그대로 발표되어 있었습니다. 그런데 그 편지의 주인공은 내가 해변으로 가기 전 꼭 나와는 일거일동을 같이한 〈룸펜〉(이것은 시인의 명예를 손상치 않습니다) 이던 나의 친애하는 이병각 군이었습니다. 그러므로 그는 나의 생활을 누구보다도 이해하는 정도가 깊었으리라는 것은 다시 말할 여지가 없는 데도 불구하고 그는 다음과 같은 말을 했습니다.

〈─전략(前略) 형의 말에 의하면 급한 볼일이 있어 갔다고 하더라도 여름에 해변에 용무가 생긴다는 것부터 형은 우리 따위가 아니란 것을 새삼스레 알았습니다.〉 운운하고 평소부터 나에게 입버릇같이 〈자네는 너무 빼기니까〉 하던 예의 독설(?)을 한참 늘어놓은 다음 그는 또 문장을 계속하였습니다. 〈건강이야 묻는 것이 어리석지요. 적동색(赤銅色) 얼굴에 〈포리타민〉 광고에 그린 그림 쪽〉이 되라느니 하여 놓고는, 〈한 채 집이 다 타도 빈대 죽는 맛은 있더라고 장림(長霖)[2]이 지리하니 형의 해수욕 풍경이 만화의 소재밖에는 되지 않을 것을 생각하고

---

2) 오래 계속되는 장마.

고소합니다〉고 끝을 맺은 간단한 문장이었습니다.

풍자시를 쓰는 우리 이군의 나에 대한 또는 나의 생활에 대한 견해가 그 역설에 있어서 정당했다고 하더라도 나는 이군에게 불만을 가지지 않을 수가 없다는 것은 기왕 벌인 춤이면 왜 좀더 풍자하지 못하였을까 하는 것입니다.

대저 위에도 한 말이나 〈뻐긴다〉는 말은 사실이 없는 것을 허장성세한다는 말일 것인데 허장 성세하는 사람에게 〈신세리티〉가 있겠습니까.

또 무슨 생활이 있겠습니까. 그러나 〈생활이 없다〉는 순간이 오래 오래 연속되는 동안 그것이 생활이라면 그것을 구태여 부정하고 싶지도 않습니다. 뿐만 아니라 거기는 한 걸음 더 나아가 남이 궁정하는 바를 내가 궁정해서 남의 위치를 침범하는 것보다는 차라리 내가 부정할 바를 부정한다는 것은 마치 남이 향락할 바를 내가 향락해서 충돌이 생기고 질투가 생기는 것보다는 다른 어떤 사람도 분배를 요구치 않는 고민을 나 혼자 무한히 고민한다는 것과 같이 적어도 오늘의 나에게는 그보다 더 큰 향락이 없을는지도 모르는 것입니다.

마치 이 길은 내가 경험한 가장 짧은 한 순간과도 같을는지 모릅니다. 태풍이 몹시 불던 날 밤 온 시가는 창세기의 첫날밤같이 암흑에 흔들리고 폭우가 화살같이 퍼붓는 들판을 걸어 바닷가로 뛰어 나갔습니다. 가시덩굴에 엎어지락 자빠지락 문학의 길도 그럴는지는 모르지마는 손에 들인 전등도 내 양심과 같이 겨우 내 발끝밖에는 못 비추더군요. 그러나 바닷가에 거의 닿았을 때는 파도 소리는 반군(叛軍)[3]의 성이 무너지는 듯하고 하얀 포말에 번개가 푸르게 빈질 때만 영롱하게 빛나는 바다의 일면! 나는 아직도 꿈이 아닌 그날 밤의 바닷가로 태풍의 속을 가고 있을지도 모릅니다.

12월 5일 밤

---

3) 반란군.

문외한의 수첩

R이란 사람은 나와는 매우 친한 동무였다. 그럼으로 우리 두 사람 사이에는 결코 무슨 비밀이란 것은 있을 터수[1]가 아니었다. 그러나 지금은 나의 교우록 속에 씌어져 있는 그의 〈호패(號牌)〉에 붉은 줄을 그은 지도 벌써 한 달이 다 되었다.

이러한 간단한 사실이 모르는 사람으로 본다면 가렵지도 아프지도 않을지 모르겠으나 남달리 상처(相處)해 오던 벗을 한 사람 잃어버린 나의 호젓한 마음은 어디도 비길 수 없이 서러운 것이다.

그뿐만 아니라 이 글을 쓰려는 오늘 아침에 이제

---

1) 서로 사귀는 사이.

는 고인인 R의 동생으로부터 나에게 간단한 편지 한 장과 『문외한(門外漢)의 수첩(手帖)』이란 유고 한 권이 보내어 왔다.

그 유고는 이래 십년(爾來十年)에 쓴 고인의 일기인 모양인데 그도 축일(逐日)해서 쓴 것도 아니고 때때로 마음이 내킬 때마다 써둔 것이며 그 맨 끝 페ー지에 〈〇〇 형에게〉라는 이 세상 사람으로서의 절필인 듯한 글씨가 묵흔(墨痕)이 임리(淋漓)2)한 것은 소리 없는 내 눈물을 더욱 짜내는 것이었다. 그리고 이 글 내용은 일기는 일기면서도 대부분은 나에게 보내는 편지였다. 그 편지 가운데서 지금이라도 흥미 있게 생각나는 부분만을 써서 보기로 한다면 그도 처음에는 문학청년이었던 사실이 있었다. 그러나 그는 자기가 하고자 한 문학을 끝끝내 완성할 수 있는 행복된 사람은 아니었다. 그러나 그 사람은 죽던 날까지도 문학을 단념하지는 않았다는 것은 어느 해 겨울 그와 나는 우연히도 어느 온천에

---

2) 1. 피, 땀, 물 따위의 액체가 흘러 흥건한 모양. 2. 사람의 몸이나 글씨, 그림 따위에 힘이 넘치는 모양.

서 만났다. 그때는 바로 동경(東京)에서들 풍자문학론(諷刺文學論)이 한참 대두할 때 이었으므로 그도 또한 예(例)에 빠지지 않고 이것의 조선에 있어서 가능하다는 설교를 하는 것이었다. 그 때 좀더 생각해볼 여지가 있다고 한 나의 말에 그는 말하기를 조선 사람은 생활 그 자체가 풍자적으로 되어 있다고 떠들어대기에 나는 그에게 더 진지한 태도로 사물을 대할 필요가 있다는 것을 말하였고 그 다음날 우리는 서로 갈린 채 영원히 보지 못할 사람이 되었다.

이 글은 그때 나와 갈려서 며칠 동안에 쓴 것이라고 생각난다.

일구삼×년 ×월 ×일

－○ 형! S역에서 형과 갈려서 나는 ○동까지 오십 리나 되는 산길을 걸어왔소. 동리 거리에 피곤한 다리를 쉬이면서 생각하기를 아무데나 큼직한 집 초당3)방을 찾아 들어가면 이 밤을 뜨뜻한 아랫목에서 지낼 수도 있겠거니와 그들과 함께 살을 맞대이

고 지나며 그들의 생활을 체득할 수가 있다면……
얼마나 유쾌한 일이겠습니까?

나는 여기서 형이 일찍이 하던 말을 생각해 보았
소. 상해 어디선가? 목욕을 갔을 때 불란서 사람과
서반아 사람과 같은 욕조에 들어갔을 때의 감정을
얘기한 것을 기억이나 하시는지요. 그때는 적나라
한 몸뚱이들이 모두 꼭 같은 온도를 느낄 수 있더라
고 세계는 모름지기 목간통 같이 되어야 한다고.

그러나 오늘의 나의 심경은 그와는 정반대로 어디
까지나 육친애를 느껴볼 결심이었소. 그래서 세계
는 차라리 초당방 같이 되라고까지 생각해도 보았
소. 이러한 생각을 하노라면 또 다른 한 생각이 꼬
리를 물고 나오는 동안에 나는 가졌던 담배를 모조
리 다 피워 버렸소. 담배라도 피우지 않으면 첫겨울
의 눈 위 바람이 몹시도 옷깃을 새여 들고 발끝이
저리기도 해서 담배도 살 겸 주막집 있는 대로 가까
이 찾아갔소. 그곳에는 마침 담배 가게가 있고 젊은

---

3) 억새나 짚 따위로 지붕을 인 조그마한 집채.

농부인 듯한 사람이 있기에 오전짜리 한 푼을 던지고 〈마코4)〉 한 갑을 달라고 하였더니만 나는 여기서 뜻하지 못한 실패를 하였소. 그것은 내 행동이 몸차림과 어울리지 않는 데가 있었던지 또는 언어에 무의식적인 불손이 있었던지 그 젊은 농부는 내 얼굴을 자세히 보더니만…… 〈문 안에 들어와서 담배를 가져가오〉……하며 코웃음을 픽 하며 〈마코〉 한 갑을 내 앞으로 툭 던지는 것이었소.

나는 처음 이 농부의 말을 듣고 한참동안 어름어름하였소. 그것은 담배 가게라고 하는 것이 우리가 도회에서 보는 담배 가게와 같이 백색 〈타일〉 타로 대(臺)를 싸 올리고 〈네온〉 등을 달고 유리창을 단 것이 아니고 처마 끝에다 석유 궤로 목판을 짜서 장수연, 희연, 〈마코〉, 단풍 이런 것들을 몇 갑씩 넣어둔 것이었소. 그래 내가 들어갈 문이란 어디 있겠소.

그날은 그곳에서 멀지않은 곳에 장날이었나 보오. 장꾼들이 들신들신하고 그 집으로 들어오기에 나는

---

4) 20세기 초 널리 애용되었던 담배 종류 중 하나.

그만 그곳을 떠나 돌아 나오려니까 바로 내 머리 뒤에서 〈건방진 녀석 눈에 유리창을 붙이고〉……하면서 벼르대는 것이었소. 그때 나는 모든 것을 다 알았소.

시골 산촌에선 유리라는 것은 들창에나 붙이는 것인데 네 눈에 붙인 들창을 열고 다시 말하면 문 안에 들어와서 (안경을 벗고) 담배를 가져가란 말이었소.

내가 안경을 쓰게 된 것은 시력이 부족한 탓이었고 그 젊은 농부가 내 안경 쓴 것을 못마땅히 여기는 것은 고루한 인습의 소치라고 하더라도 그 표현 방법이 얼마나 내 **뼈**를 저리도록 쑤시는 풍자이었겠소. 과연 여기에 남과 나라는 투명한 장벽이 서서 있다는 것을 나는 안 듯하였소.

그리고 내 발길은 무겁게 옮겨졌소. 아주 몇 해를 두고 어느 사막이라도 걸어온 듯한 피로를 깨달았소. 하늘은 점점 어두워 오고 눈조차 함박으로 퍼붓는 듯하였으나 나는 다시 옷깃을 단속치는 않았소. 될 수 있으면 차디찬 눈보라가 내 보드라운 목덜미살을 여미듯이 얼어붙으라고 하여본 것은 일종의 자기잔학(自己殘虐)일는지도 모르겠소.

두 시간이나 지났을까 나는 과연 어느 집 초당방에 손이 되었소. 방안에는 초말(醋抹) 냄새가 코를 찌를망정 모이는 사람은 대략 육칠 명이나 되었고 연령은 최저 십팔로 최고 삼십이, 인품은 모두 순후하고 황소같이 질박한 놈도 있으며 암사슴같이 외로운 연석[5]도 있었소. 그날 밤은 내라는 존재가 그들로 보면 낯선 손이여서 일동일정(一動一靜)을 주의는 하면서도 조금도 악의는 갖지 않았던 모양이었소. 그러기에 나더러 세상의 재미있는 얘기를 들려달라는 것이오.

이때 나는 어떠한 얘기를 들려줄까 하고 망설이는 판에 그들 중에도 연령과 지식의 정도(程度)가 있어서 삼십에 가까운 사람들은 『화용도(華容道)』[6]를 들려 달라 하고 그 중 한 사람은 『춘향전』을 얘기하라 하였소마는 여기도 또한 의견은 일치되지 않았

---

5) 년석. '녀석'의 방언(제주, 평북).
6) 적벽가. 판소리 열두 마당의 하나. 적벽전에서 관우가 조조를 잡지 않고 길을 터 주어 조조가 화용도까지 달아나는 장면을 노래한 것이다.

소. 그중에도 제일 얼굴이 말쑥하고 나이가 이십오 세쯤 되어 보이는 농부 한사람 말을 들으면 보통학 교를 중도 퇴학은 하였어도 그들 가운데서는 식자 연(識者然)하고 내로라는 듯이 뽐내면서 〈서양〉 얘 기를 무에나 들리라는 것이오. 그래서 결국은 『춘향 전』파와 〈서양〉파가 절충한 결과 나는 이 진귀한 〈서양춘향전〉을 친절하게도 강좌를 담임하게 되었 으며 그는 득의만면하여 내 담뱃갑에서 〈마코〉 한 개를 빼어 물고 인조견 옥색 관사[7] 홑조끼에서 성 냥을 꺼내어 담배를 피우는 것이었소. 이 방에서는 모두들 이 사람을 〈하이칼라상〉이라고 부르는데 그 〈상〉자가 나에게는 조금 귀 익지 못하나 아마 이것 을 도시 말로 번역하면 〈모─던 보이〉란 말도 같소.

그러나 이 〈서양춘향전〉이란 진본서는 가난한 나 의 문헌학 지식으로는 도저히 알아낼 자신도 없고 그렇다고 그들에게 〈린드벅〉이 대서양을 어떻게 횡 단하였다든지 〈클레오파트라〉의 국적이 어느 나라

---

7) 중국에서 나는 비단의 하나.

냐고 설왕설래를 하여 보았자 〈하이칼라상〉이라는 이 방의 〈소크라테스〉도 그까지는 흥미를 느끼지 못할 것 같았소.

그래서 나는 생각다 못해 〈셰익스피어〉의 『로미오와 줄리엣』을 얘기하기로 하고 우선 그 주인공의 이름을 그들이 알아듣기 쉽게 〈노미〉이와 〈준〉이가 이렇게 얘기를 하니 그래도 모두 그것이 재미가 있었던지 〈준〉이가 추방당하던 날 새벽에 〈노미〉를 찾아가 이별을 하는 판인데 이곳에야 〈나이팅게일〉이 울 수가 있을 리도 없겠고 생각다 못해 속담에 꿩값에 닭이라니 닭을 울리고 〈준〉이를 떠나보냈구려! 그래도 이때는 모두 감탄해서 흥흥 콧소리를 치며 신 삼고 가마니 치던 손을 쉬이는구려!

밤은 벌써 오전 두 시나 되였는데 바깥에서는 눈보라가 쉬지 않고 내렸소. 사람들은 차차 긴 하품을 하다가는 제대로 팔을 베고 자는 이도 있고 또 그 자는 이의 다리를 베고 자는 사람도 있으며 나중에는 〈하이칼라상〉과 나만이 남아서 나는 이 동리의 서러운 전설을 듣는 것이오. 〈옛날에 이 동리와 건너 마을이 편을 갈라서 정초이면 〈줄댕기〉가 시작되었고 그때는 사람들이 수—백 명씩 모여서 그중에도 젊은 사람들은 처녀나 총각이 제각기 마음 있는 사람들과 사랑을 속삭이면서 영원히 그 자손들은 변함없이 이 동리를 지켜왔건마는, 지금은 어쩐 일인지 그 사람들은 누가 오란 말도 없고 가란 말도 없건마는 다들 어디인지 한 집씩 두 집씩 동리를 떠나고 그럴 때마다 젊은이들의 싹트기 시작한 사랑은 그 봄이 다 가기도 전에 덧없이 흘러가고 만다는 말을 다 마치지도 못하여 이 사람은 창졸간에 미친 듯이 쓰러져 흑흑 느껴가며 우는 것이었소. 나는 이것을 왜 우느냐 물어볼 힘도 없고 울지 말라고 위안을 줄 수도 없었으며 다만 나 혼자 생각기를 너도 또한 불쌍한 미완성 초연(未完成初戀)의 순정자로구나 하고 동정을 살피노라니 이 사람도 그냥 잠이 들고 먼 데 닭이 잦은 홰치는 소리가 들리며 눈은 그쳤는지 바깥은 바람이 몹시 불었소.

　나는 몇 시간 남지 않은 이 밤을 도저히 잘 수는 없었소. 내 머리는 해저와 같이 아득하고 내 가슴은

운모(雲母)8)와 같이 무거웠소. 돌아누우려야 돌아 누울 수도 없으려니와 옆의 사람들의 코고는 소리는 검은 시체를 실은 마차의 수레바퀴를 갈고 가는 듯하오. 그럴수록 방안의 정적은 무거워져서 자꾸만 지구의 중심으로 침전되는 듯하였소. 나는 참다 못하여 눈을 감고 두 손으로 얼굴을 가리었소. 바로 그때였소. 누구인지 내 머리 맡에서 말하는 사람이 있었소. 그 사람이 누구인지는 기억할 수 없으나 혹은 저녁 전에 담배 가게에서 본 농부일는지도 모르겠소. 그가 나에게 한 말은 분명코 〈문 안에 들어와서……〉였소. 나는 여기서 눈을 번쩍 뜨고 가만히 생각해 보았소.

〈오! 그렇다. 나는 문외한이다〉 아무리 하여도 인생의 문 안에 들어서지 못할 나이라면 차라리 영원한 문외한으로 이 세상을 수박 겉핥듯이 지나갈 일이지 그 좁은 문을 들어가려고 애를 쓸 필요가 어디 있겠소. 문 밖에서 그 모든 것을 파수 본다면 그것

---

8) 화강암 가운데 많이 들어 있는 규산염 광물의 하나.

도 나의 한 가지 임무가 아니겠소. 그렇다면 나는 달게 인생의 문외한이 되겠소.

그래서 남들이 모두 문 안에서 보는 세상을 나는 문 밖에서 보겠소. 남들은 깊이 보는 세상을 나는 널리 보면 또 그만한 자긍이 있을 것 같소. 오늘은 고기압이 어디 있는지 풍속은 육십사 밀리요. 이 동리를 떠나 아무도 발을 대지 않은 대설원을 걸어가겠소. 전인미도(前人未到)의 원시경을 가는 느낌이오. 누가 나를 따라 이 길을 올 사람이 있을는지? 없어도 나는 이 길을 영원히 가겠소.

×

나는 이까지 보고 우선 이 유고를 덮었다. 그리고 생각해보았다. 이것은 한 사람이 인생의 문 안에 들어오지 못하고 영원히 걸어간 기록이다. 오! 그러면 나도 역시 문외한인가?

전조기(剪爪記)

누구나 버릇이란 쉽사리 고쳐지는 것은 아니다. 그러므로 세 살 적 버릇이 여든까지 간다는 말도 있지 않는가? 그런데도 흔히 다른 사람의 한 가지 버릇을 새로이 발견했을 때는 아— 저 사람은 저런 버릇이 있구나 하고 속으로 비웃어 보거나 그 버릇이 좋지 못한 종류의 것이면 대개는 업수이여기는 수도 있는가 봐! 그렇건만 나에게는 아무리 고쳐 보려도 고쳐지지 않는 버릇이란 손톱을 깎고 줄로 으르고 수건을 닦고 하는 것이다. 그것도 때와 곳을 가릴 것도 없이 욕조나 다방이나는 말할 것도 없고 기차나 배를 타고 멀리 여행이라도 하면 심심풀이도 되고 봄날 도서관 같은 데서 서너 시간 앉아 배기면

제아무리 게으름뱅이는 아닐지라도 윗눈썹이 기전기(起電機)[1]처럼 아랫눈썹을 끌어당길 때도 있는 것이고 그럴 때에 손톱을 자르고 줄로 살살 으르면 자릿자릿한 재미에 온몸의 게으름이 다 풀리는 것이다. 그야 내 나이 어릴 때는 아침 일찍이 손톱을 자르면 어른들이 보시고 질색을 하시며 말리기도 하였다. 그리고 말릴 때에 누구인지 지금 기억되지는 않아도 우리 집에 자주 오는 손이 말하기를 아침에 손톱 깎고 밤에 머리 빗는 것은 몸에 해롭다고 하는 것이었고 내 생각에도 그런 방문은 『동의보감』에라도 씌어 있는 줄 알았기에, 그 뒤로는 힘써 시간이 한나절 지난 뒤 손톱을 닦고 하였지만 나도 나대로 세상맛을 보게 된 뒤로는 쓴맛 단맛을 다 보고 시고 떫은 구석과 후추 고추 같은 광경에 부대낄 때가 시작이 되고는 손톱 치레를 할 만한 여가도 없었고 어느 사이에 손톱은 제대로 자라 긴 놈 짧은 놈 삐뚤어진 놈 꼬부라진 놈 벌떡 자빠진 놈 앙당 마스러진

---

1) 마찰이나 정전기 유도를 이용하여 전기를 일으키는 장치.

놈 이렇게 되어 내 손이란 그 꼴이 마치 오징어를 뒤집어 삶아 놓은 것이 되었다.

그럴 때에 나는 또다시 손톱을 자를 것은 자르고 으를 것은 으르곤 하였으며 이른 아침이라도 가리지는 않았다. 그것은 밤으로 머리를 깎아 보아도 몸에 해로운 것도 없으니까 아침에 손톱을 깎는 것조차 위생과는 관계없는 것을 안 까닭이다.

그런데 내가 이 손톱을 자르는 버릇은 언제부터 시작되었는가를 생각해 보면 그도 벌써 삼십 년이 더 지났다. 내가 난 지 백 일이나 되었겠지. 이란저 고리 밖에 빨간 내 손이 나와서 내 얼굴을 후벼 뜯고는 나는 자지러질 듯이 울었다. 어머니가 놀라서 가위로 내 손톱을 잘라 주신 것이 처음이고 그것이 늘 거듭하여지는 동안에 봄철이 오면 어머니는 우리 형제를 차례로 불러 뒷마루 양지쪽에 앉히고 손톱을 잘라 주시고 머리도 빗기고 귀도 후벼 주셨으며 이것도 내 나이 여섯 살 때 소학을 배우고는 이런 일의 한 반(半)은 할아버님께 이관이 되었다. 옛날 내 고장 우리 집에는 그다지 크지는 못해도 허무히 작지 않은 화단이 있었다. 그리고 그 화단은 이 때쯤 되면 일이 바빴다. 깍지로 긁고 호미로 매고 씨가시를 뿌리고 총생이를 옮겨 심고 적당한 거름도 주었다. 요즘같이 〈시클라멘〉이나 〈카네이션〉이나 〈튤립〉 같은 것은 없어도 옥매화 분홍매화 홍도 벽도 해당화 장미화 촉규화[2] 백일홍 등등 빛도 보고 향내도 맡고 꽃도 보고 잎도 볼 말하면 일 년을 다 즐길 수가 있는 것이었는데, 내 할아버지 생각은 이제 헤아려 보면 우리들에게 글 읽고 글씨 쓰인 사이로 노력을 몸소 맛보이는 것도 되려니와 그것이 정서 교육도 될 겸 당신의 노래(老來)를 화려하게 꾸밀 수도 있었던 모양이었다. 그럴 때마다 우리들은 이다지도 가볍고 고운 노동이 끝나면 할아버지는 우리들에게 손을 씻을 것과 손톱에 끼인 흙을 끌어내도록 손톱을 닦으라 하셨다.

이러던 내 손톱이기에 나는 손톱을 소중히 하고 자르고 으르고 닦고 하는 동안에 한 가지 방편을 언

---

2) 접시꽃.

었다. 그것은 나에게 거북한 일을 말하는 사람 앞에서 손톱을 닦는 것이다. 빤히 얼굴을 맞대이고 배알에 거슬리거나 듣기 싫은 말을 듣고 억지로 참을 수도 없고 그렇다고 언짢은 표정을 할 수도 없어 손톱을 닦노라면 시골 계신 어머니도 그려 보고 돌아가신 할아버지의 모습을 우러러 뵈일 수도 있다. 내 고향의 푸른 하늘 아래에도 봄이 왔을 것도 같으니.

계절의 오행

눈물을 흘리지 않는 사람이 되리라고 배워온 것이 세 살 때부터 버릇이었나이다.

그렇다고 이 버릇을 80까지 지킨다고야 아예 말하지도 않습니다. 그야 지금 내 눈앞에 얼마나 기쁘고 훌륭하고 착한 것이 있을지도 모르면서 그대로 자꾸만 살아가는 판이니 어쩌면 눈이 아슬아슬하고 몸서리나고 악한 일인들 없다고 하겠습니까? 차라리 그것은 그 악한 맛에 또는 빛에 매력을 느끼고 도취되어 갈는지도 모르는 것입니다. 그래서도 눈물을 흘리지 않는 사람이 된다면 그 또한 어머님의 가르침을 저버리지 않은 방편이라고 하오리까? 딴은 내 일찍이 눈물을 흘리지 않는 사람이 되려고 마음먹어

본 열다섯 애기시절은 〈수신제가치국평천하(修身齊家治國平天下)〉의 도를 배웠다고 스스로 달떠서 남의 입으로부터 〈교동(驕童)〉1)이란 기롱(譏弄)2)까지도 면치 못하였건마는 어쩐지 이 시절이 되면 마음의 한편이 허전하고 무엇이 모자라는 것만 같아 발길은 저절로 내 동리 강가로만 가는 것이었습니다. 이렇게 말하면 누구나 그곳에 무슨 약속한 사람이라도 있었구나 하고 생각을 하면 그것은 여간 잘못된 생각이 아닙니다. 본래 내 동리란 곳은 겨우 한 백여 호나 될락말락한 곳, 모두가 내 집안이 대대로 지켜온 이 땅에는 말도 아니고 글도 아닌 무서운 규모가 우리들을 키워 주었습니다.

지금 내가 생각해 보아도 우습기도 하나 그때쯤은 으레히 그런 것이라고 생각한 것은 내 동리 동편에 왕모성(王母城)이라고 고려 공민왕이 그 모후를 뫼시고 몽진(蒙塵)3)하신 옛 성터로서 아직도 성지(城

1) 교만한 아이.
2) 실없는 말로 놀림.
3) 먼지를 뒤집어쓴다는 뜻으로, 임금이 난리를 피하여 안전한 곳으로 떠남.

址)가 있지마는 대개 우리 동리에 해가 뜰 때는 이 성 위에서 뜨는 것이었고 해가 지는 곳은 쌍봉이라는 전혀 수정암으로 된 두 봉이 있어서 그 사이로 해가 넘어가는 것이었는데, 그렇게 해가 지면 우리가 자랄 때는 집안 어른을 뵈오러 가도 떳떳이 〈등롱〉에 황촉불을 켜서 용이나 분이들을 들리고 다닌 것입니다. 그러나 내가 홀로 강가에 나갔을 때는 그곳에는 어화(漁火)조차 사라진 것을 보아도 내가 만날 만한 사람이 없었다는 것을 변명할 것도 없거니와 해가 떠서 넘어간 그 바로 밑에는 낙동강이 흘러가는 것이었습니다. 낙동강이라면 모두들 오— 네 고장은 그 무서운 홍수로 이름난 거기냐 하고 경멸하면 그것은 낙동강을 모르는 말이로소이다. 낙동강이라면 태백산 속에도 황지천천(黃地穿泉)에서 멍석말이처럼 솟아나는 그 샘물의 이상을 모른데도 고이할 바 아니오나 김해, 구포까지 칠백 리를 흘러가는 동안에 이 골물이 졸졸 저 골물이 콸콸 열에 열 두 골물이 한 데로 합수쳐 천방저지방저 저 건너 병풍석 쾅쾅 마주쳐 흐르다가 그 위에 여름장마가

지면 하류에 큰물이 나나 그에 따르는 폐단쯤은 있을 법도 한 일이오매 문죄를 한다면 여름 장마를 할 일이지 애꿎은 낙동강이 무슨 죄오리까? 하나 이것도 죄라면 나는 죄와 함께 자라난 게오리까? 그래서 눈물지우지 않는 사람이 되었다면 그 또한 내 회오(悔悟)할 바 없소라. 하지만 내 고장이란 낙동강가에는 그 하이얀 조약돌들이 일면으로 깔리고, 그곳에서 나는 홀로 앉아 내일 아침 화단에 갖다 놓을 차디찬 괴석들을 주우면서 그 강물 소리를 듣는 것이었습니다. 봄날 새벽에 홍수를 섞어서 쩡쩡 소리를 내며 흐르는 소리가 청렬한 품품 좋고 여름 큰물이 내릴 때 왕양(汪洋)한[4] 기상도 그럴 듯하지만 무엇이 어떻다 해도 하늘보다 푸른 물이 심연을 지날 때는 빙빙 맴을 돌고 여울을 지나자면 소낙비를 모는 소리가 나고 다시 경사가 낮은 곳을 지날 때는 서늘한 가을로부터 내 옷깃을 날리고 저 아래로 내려가면서는 큰 바위를 때려 천병만마를 달리는 형

---

4) (기)왕양하다. 미루어 헤아리기 어렵다.

세로 자꾸만 갔습니다. 흘러 흘러서……. 그때 나는 그 물소리를 따라 어디든지 가고 싶은 마음을 참을 수 없어 동해를 건넜고 어느 사이 플루타르크 영웅전도 읽고 시저나 나폴레옹을 다 읽은 때는 모두 가을이었습니다마는 눈물이 무엇입니까 얼마 안 있어 국화가 만발한 화단도 나는 잃었고 내 요람도 고목에 걸린 거미줄처럼 날려 보냈나이다.

그리고 나는 지주(蜘蛛)5)가 되었나이다. 누가 지주를 천재라고 하였나이까? 그놈은 사람이 보지 않는 동안 그 작은 날파리나 보드라운 나비 나래를 말아 올리고도 모른 척하고 창공을 쳐다보는 것은 위선자입니다. 그놈을 제법 황혼의 세스토프라는 말은 더욱 빈말입니다. 그 주제에 사색을 통일하려는 듯한 얼굴은 멀쩡한 배덕자입니다. 두고 보시오. 그놈은 제 들어갈 구멍을 보살피는 게 아마 바람결을 끄리겝니다. 하늘이 푸르지 않습니까.

그래서 어느 암혈(岩穴)6)에라도 들어가면 한겨울

---

5) 거미.
6) 석굴.

동안을 두고 무엇을 생각하리라고 믿어집니까? 거미라도 방안에 사는 거미들은 아침 일찌거니 기어 나오면 그 집에서는 그날 반가운 소식을 듣는다고 기뻐한 것은 우리 고장의 풍속이었나이다. 그래서 나의 어머니께서는 우리 형제들 가운데 누가 여행을 했을 때나 객지에 있을 때면 으레히 이 아침 거미가 기어 나오기를 기다렸다고 하신 말씀을 우리가 제법 장성한 때에 알았습니다마는 지금은 우리 집 안사랑에 아침 거미가 기어 나온다 해도 나의 늙으신 어머니께서는 당연히 믿지 않으셔야 옳을 것은 아시면서도 그래도 마음 한편에 행여나 어느 자식이 편지를 부칠는지? 하고 바라실 것을 아는 나는 아무 말 없이 담배를 피워 무는 버릇이 늘었나이다. 담배는 이전에는 궐련을 피우는 것이 버릇이었으나 요즘은 일을 할 때 반드시 손에 빼드는 것이 성가시고 해서 어느 날 길가에서 사 가지고 온 골통대를 피우는 것입니다. 그것을 피워 물면 그놈의 연기가 아주 천간산(淺間山)의 분연(噴煙)에다 비한단 말이겠습니까? 그야 나에게는 〈폼페이 최후의 날〉

같이도 생각이 되옵나이다.

　그것은 과연 그러하오리다. 나에게는 진정코 최후를 맞이할 세계가 머리의 한편에 있는 것입니다. 그것이 타오르는 순간 나는 얼마나 기쁘고 몸이 가벼우리까? 그러나 이 웃음의 표정은 여기에 다 쓰지는 않겠나이다. 다만 나 혼자 옅은 징소를 하였다고 생각을 해두지요. 그러나 이럴 때는 벌써 나 자신은 라마(羅馬)[7]에 불을 지르고 가만히 앉아서 그 타오르는 광경을 보는 폭군 네로인지도 모릅니다. 그 거미줄같이 정교한 시가! 대리석 원주 극장! 또는 벽화! 이 모든 것들이 타오르는 것을 보는 네로의 마음은 얼마나 통쾌하오리까? 로마가 일어난 것은 하루아침 일이 아니라 한 말을 들으면 망하기 위하여 헐고 부릇나고 한 로마에 불을 지르고 그 찬란한 문화를 검은 오동 마차에 실어 장지로 보내면서 호곡하는 인민들을 보는 네로! 초가삼간이 다 타도 그놈 빈대 죽는 맛이 좋다고 하는 사람의 마음과 같이 병쾌하

[7) 문맥상 '로마'를 뜻함.

지 않았을까?

　지금 내 머리 속에 타고 있는 내 집은 그 속에 은촛대도 있고 훌륭한 현액(懸額)8)도 있기는 하나 너무도 고가(古家)라 빈대가 많기로 유명한 집이었나이다. 이 집은 그나마 한쪽이 기울어서 어느 때 어떻게 쓰러질는지도 모르는 것입니다. 나폴레옹이 우리 집을 쳐들어오면 나는 그것을 모스코같이 불을 지를 집이거늘, 그놈의 빈대란 흡혈귀를 전멸한다면 나는 내 집에 불을 싸지르고 태워 버린 네로가 되오리다.

　이렇게 생각하는 동안 그 골통대의 담배가 모두 싸늘한 재로 화하고, 찬바람이 옷소매에 기어들 때 나는 거리로 나옵니다. 거리에는 사람들도 한산하여지고 차차로 가로등이 켜지는 까닭입니다. 까짓것 가로등이라면 전기회사에서 하는 장난에 틀림이 없으나 그것은 살아 있는 거리의 비애입니다. 그 내력을 들어 보시오. 그도 벌써 오년 전 옛일입니다.

---

8) 그림이나 글자를 판에 새기거나 액자에 넣어 문 위나 벽에 달아 놓은 것.

나는 젊은 친구와 내가 바로 이 시절에 이 등불이 켜질 때면 이 거리를 걸어 다녔습니다. 그러다가 어느 날 밤에 그를 시골로 보낸 것도 이 거리의 등불 밑이 아니겠습니까? 그 후 몇 달을 지나고 나에게 온 그의 편지에서 일절을 써 보겠나이다.

─내려와서 한 달 동안은 집안을 망친 놈이란 죄명을 쓰고 하루 한시도 지낼 수가 없었소. 우리 구사(廐舍)9)에 매여 있는 종모우(種牡牛)10)와 같이 아무리 생각해도 살 수는 없었소. 그래서 나는 선영(先塋)이 있는 산중에 들어온 것이오. 이 산중에는 나무가 많아서 이것을 채벌하면 나는 지금 이곳에서 숯(목탄)을 굽겠소. 그러나 내가 숯을 굽는다고 돈을 번다는 생각은 조금도 없소. 다만 내 홀로 이 산속에서 숯가마에 불을 싸지르고 그놈이 타오르는 것을 보기만 해도 이때까지 아무에게나 호소할 곳 없던 내 가슴 속 앙앙한 울분이 한 반은 풀리는 듯

---

9) 마구간.
10) 씨수소.

하고, 복수를 한 때와도 같고 —

하던 친구가 마침내 그 아내와 사이가 둥글지 못하고 다시 서울로 와서 그 숯가마에 불을 지르고 타오를 때 통쾌하던 얘기를 몇 번이나 이 거리를 다니며 되풀이를 할 때면 해뜻 없는 가을 날씨에 거리의 등불이 켜지곤 하였건만 지금엔 그조차 불에 살아서 그 조그마한 오동합(梧桐盒)에 뼈만 담아 고산(故山)으로 보낸 것도 삼년이 넘고 내 홀로 이 거리를 가면서 가을바람에 옷깃을 날리건마는 그래도 눈물지지 않는 건 장자(長者)의 풍토일까?

거리의 상공에는 별이 빛나는 밤이었소. 밤이라도 캄캄한 한밤중은 별들의 낱수가 훨씬 더 많이 보이는 것이지마는 우리 서울 하늘에는 더구나 가을밤 서울 하늘에는 너무나 깨끗이 개인 하늘이라 별조차 낱수가 그다지 많지는 않아서 하이네가 본다면 황금 사복(鈒)을 흩트려 놓은 듯하다고 감탄을 할는지도 모르겠소. 그러나 하이네는 하이네고 나는 나이지 사람마다 제대로 한 가지의 긍지가 있는 것을 왜 우리 서울의 가을 하늘 밑에서 울거나 웃거나 슬픈 일이 있거나 기쁜 일이 있거나 우리는 모두 이 하늘만을 쳐다보고 부르짖은 것이 아니겠소. 그 모든 것이 내 지나간 시절의 자랑이었으니 이제 새삼스레 뉘우칠 바도 없소.

하기야 서울도 예전 같으면 〈아라비아〉의 전설에나 나올 듯한 도시이었기에 해외에서 다른 나라 사람들을 만나면 서울의 자랑을 무척도 하였겠지마는 오늘의 서울은 아주 그 모습을 볼 수가 없는 것이오. 거리를 나서면 어느 집이라도 으레히 지금(地金)11)을 판다거나 산다거나 금광을 어쩐다는 간판들이 쭉 내리붙어서 이것은 세계를 처음 여행하는 사람에게는 우리의 서울과 알라스카의 위치를 의심쩍게 할는지도 모르겠소. 그래서 사실인즉 내 마음에 간직해 온 서울의 자랑도 이제는 그 밑천을 잃어버린 셈이오. 그러나 아직 얼마 동안 저 하늘만은 잃어버릴 염려는 없는 것이오. 그러기에 나는 서울

---

11) 다듬어서 상품화하지 아니한 황금.

의 하늘을 사랑하고 그 밑에서 일어났다가 사라지는 일들을 모두 기억해 두었다가는 때로는 그 기억에 먼지를 덮어 두는 일이 있소.

앞날을 생각하는 것은 그 일이 대수롭지 않아도 어딘가 마음 한구석에 바라는 것이나 있겠지마는 무엇 사람의 마음을 쓸쓸케 하려는 것도 아니라오. 누구나 이십이란 시절엔 가을밤 깊도록 금서를 읽던 밤이 있으리다. 그러나 나는 그때 무슨 까닭에 야금술에 관한 서적을 읽어 본 일이 있었나이다.

그때 나를 담당한 Y교수는 동경에서 문학을 공부한 사람으로 그의 작품에 〈안작(贋作12)〉이란 것이 있었습니다. 그 내용이란 건 글씨의 안품(贋品)13)을 능구렁이 같은 상인들이 시골 놈팡이 졸부를 붙들어 놓고 능청맞게 팔아먹는 것인데 그 독후감을 이야기했더니 그는 좋아라고 나를 붙들고 자기의 의견을 말한 뒤 고도(古都)의 가을바람이 한층 낙막(落寞)한14) 자금성을 끼고 돌면서 고서와 골동품에

---

12) 어떤 물건을 속일 목적으로 꾸며 진짜처럼 만듦. 위조.
13) 가짜.

대한 이야기와 역대 중국의 비명(碑銘)에 대한 지식을 가르쳐 준 것이 인연이 되어 나는 그의 연구실을 자주 드나들게 되었나이다. 그 뒤에도 나는 Y교수를 만나면 내가 잘 알아듣지도 못하고 사실은 알고 싶지도 않은 고고학에 관한 이야기까지도 들려주는 것이었습니다. 그러나 그러한 높은 지식은 내가 애써 배우려고 하지 않은 것이라 지금에 기억되지 않는 것은 죄될 바도 없지마는 그가 문학을 닦았고 문학을 가르치면서도 야금학에 깊은 조예가 있었다는 것은 지금 생각해 보아도 끔찍한 일입니다. 그러나 그가 그 야금학에 통한 이야기는 나에게 들려주지 않았으므로 일부러 묻는 것도 쑥스럽고 해서 자제하던 차에 나와 한반에 있는 B에게 물어보았더니 B는 한참 말이 없이 빙그레 웃다가 말하는 것이었습니다.

Y교수는 야금학을 학술상으로만 연구하는 것이 아니라 정말 그 집에는 대장간보다도 더 복잡한 연

___

14) (기)낙막하다. 마음이 쓸쓸하다.

장이 갖추어져 있다는 것이었습니다. 그리고 그것은 해서 무엇하는 거냐고 물으면 안금(贋金)을 만든다고 말을 하고는 쓸쓸히 웃기에, 안금은 만들어 무엇을 하느냐고 물으면 도야지 목에 진주를 걸어 주는 것을 네가 아느냐고 하고는 화를 버럭 내기에, 무슨 말인지도 모르고 겁도 나고 해서 그만 아무 말도 못 했다는 것이었습니다. 그래서 나는 그 가을부터 여가만 있으면 턱없이 야금학에 관한 책을 보는 버릇을 가졌던 것입니다.

그러나 애달픈 일로는 속담에 칼은 10년을 갈면 바늘이 된다고 하지 않습니까. 그래서 그 바늘로 문구멍을 뚫어 놓았던들 그놈 코끼리란 놈이 내 방으로 끼어 들오는 것을 보기나 할 게 아닙니까? 사람이 야금에 관한 책을 봐서 안금을 만들어 보지 못하고 칼을 갈아서 바늘을 만들지 못한 내 생애? 시골 촌 접장을 불러 물으면 〈서검 공허 40년(書劍空虛四十年)〉 운운하고 풍자를 할지도 모르는 것입니다.

그래서 이 가을에도 저녁으로 책사에 돌아다니면서 묵은 책을 뒤져도 보곤 했으나 언제나 그 Y교수의 애교도 없는 큰 얼굴이 앞을 가려서 종시 책도 보지 못하고 다듬이 소리만 요란한 동리 어구를 돌아오면 진주들은 먼 바다 속에서 꿈을 꾸는지 별들이 내 머리 위에서 그것을 지킬 때 나는 침실로 들어가기로 하는 것입니다.

그래서 그 별들을 쳐다보고서 잠이 들면 나는 꿈을 보는 것입니다. 내가 아주 어렸을 때 그것은 어느 해 가을이었나이다. 그 해 가을 우리 동리에는 무슨 큰 변이 났다고 해서 모두들 산중으로 자기 집 선영(先塋)이 있는 곳이나 또는 농장이 있는 곳으로 피난을 가는 것이었고 그때 나도 업혀서 피난을 갔었는데 그것이 아마 지금 생각하면 나의 평생에 처음되는 여행이었습니다. 그러나 그것이 피난가는 길이었던 만큼 포스럽지는 못하였고 나의 기억에 어렴풋이 남아 있는 것이라야 우리가 간 그 집 뒤에 감나무가 있어서 감이 조롱조롱 열리고 첫서리를 기다리느라고 탐스럽게 붉었던 것입니다. 누구나 다 시골에 있어 본 사람이면 한 번씩은 경험한 일이리다마는 요즘 서리가 오려고 하면 처마 끝으로 왕벌들이 날아들지 않습니까? 그러나 그 벌들 중에도 어떤 놈은 높다랗게 날아와서는 감나무 제일 높은 가지 끝에 병든 잎사귀를 그 예리한 바늘 끝으로 꼭 꼭 찔러 보고는 멀리 금선(琴線)을 죽 그으며 날아가는 것입니다. 그때 나는 그 벌을 잡아 달라고 나를 업고 다니던 돌이를 조르고 악을 악을 쓰고 울기만 하면 그래도 악이 풀리고 속이 시원하여졌으며 어른들이 나를 달래려고 온갖 유밀과(油蜜果)가 나의 미끼로 나왔겠지마는 지금이야 울 수도 없고 악을 쓸 곳도 없고 하니 그저 꿈속에나 〈소로우〉의 삼림 속을 헤매는 것이었나이다.

그러던 것이 일전 내가 집을 얻은 곳은 산 위의 조그마한, 잘 말하면 양관(洋館)이 온통 소나무 숲 속에 싸여 있는 곳입니다. 집을 찾아오던 그날 석양에 어디서 날아온 놈인지 커다란 왕벌이란 놈이 어디서 날아왔는지 잉 소리를 내면서 처마 끝에 왔다가는 바로 정문 앞에 앉아 있는 활엽수를 한번 획 돌아서 잎사귀 하나를 애처로이 건드려 놓고는 기다란 줄을 그리며 날아가는 것이었습니다. 그래서 나는 다소 과분한 집인 것을 알면서도 그 집에 있기로 하였습니다. 그래 들어놓고 보니 전후좌우가 모두 삼림이고 고요하기 짝이 없으며, 바람이 불어 솔소리 파도가 이는 듯하고 그러면 집안은 더욱 고요해지는 것입니다. 그나 바람뿐이오리까?

지난 밤에사 말고 비가 오는 것이고 빗소리 솔잎 사이를 새서 듣는 것이란 무슨 바늘과 같이 마음속을 기어드는 것이었나이다. 괴테가 말한 산상의 정적이란 이런 것이 아닐지도 모르는 것이지요. 베개 속을 들어가면 어느덧 바람이 비조차 몰고 가고 작은 시냇물이 흐르는 소리 들리고 벌레들이 제각기 딴 해음(諧音)으로 읊조리면 벌써 밤도 무던히 깊어졌는가봐? 멀리서 달려가며 나던 포-키 차의 궤도를 가는 소음도 다 끊어지고 얼마 되지 않아서 다시 아침이 오고 나는 거리로 나오기를 마치 먼 길을 떠나듯 합니다. 그리고 해가 져서 다시 집으로 돌아오면 행길에서 내 집이 팔백 미터의 거리 밖에는 되지 않고 걸어 15분에 닿을 수 있다 셈 쳐도 그동안이 그다지 가까운 것도 아니고 까마득하건마는 그래도 나에게는 그것이 멀다고는 생각지 않습니다. 물론 다 같은 동안이라도 활엽수가 울창할 때는 그곳이 가깝다가도 낙엽이 떨어지고 앙상한 가지만 남았을 때는 훨씬 더 멀어지는 것이 보통이고 서운한 마음도 생기련만 항상 푸를 수 있는 소나무가 빽빽이 둘러선 내 집은 정말 그렇지 않다손 치더라도 별달리 나에게 가까운 것이 한 개의 방편도 되옵니다. 그야 만산홍엽(滿山紅葉)이 잦아지는 것도 곱기야 하다 한들 어느 때나 푸를 수만 있는 소나무의 고집쟁이를 흉볼 리는 없으리라. 오랑수와 같은 열매가 없다는 게나 야래향(夜來香)15)같은 꽃이 없다고 해도 영원히 푸를 수 있는 내 마음의 기쁨도 맛볼 때가 있을지 모릅니다.

이런 생각을 되풀이하며 걷는 15분 동안에 내 손 한쪽은 포켓 속에서 쇳대16)를 만지작거려 봅니다. 이놈만 있으면 나는 무슨 큰 비밀을 찾아낼 듯한 믿음이 있는 까닭이었나이다. 그러나 지금은 나는 그

15) 달맞이꽃. 월견초(月見草).
16) '열쇠'의 방언(강원, 경기, 경상, 전라, 충남, 함경).

쉿대를 내 집에 있는 동무에게 맡겼나이다. 그것은 내 지금에 별다른 믿음을 갖지 못한다 해도 소나무가 우거진 그 속에서 가을 기운을 마셔 보고 머릿속을 서늘케만 하면 내 염원을 다 채워 줄 수가 있는 까닭입니다. 행여 어느 밤에 이 삼림의 요정들이 찾아와서 나에게 놀기를 청하면 나는 즐겨서 그들에게 얘기를 할 것이고, 그들은 내 얘기를 슬픈 꿈같이 듣고는 새벽이 되면 별과 함께 하나씩 사라질 것입니다.

그리하는 동안에 사실은 나의 꿈도 깨어지고 내 사랑하는 푸른 지평선도 잃어지는 것입니다. 나의 잃어진 지평선이란 게야 무엇 〈쌍글리라〉와 같은 허망한 것은 아닙니다.

그것은 바로 금년 봄 일입니다. 내가 남방의 어느 화전민 부락을 찾아갔던 것입니다. 해발 3천 피트, 태양과 매우 가까운 곳이었나이다. 돌과 돌이 쌓여 오르고 바위와 바위가 거듭 놓여 칡과 등(藤)이 겨우 얽어매 놓은 그 위에 이 재에도 한 집 저 등에도 한 집 건너다보고 부르던 대답할 곳을 찾아가려면 그 긴 골짜구니를 내려가서 다시 10리나 올라가는 길! 그곳에서 차조 메조를 짓고 감자를 심고 멧돌과 싸워 가며 살아가는 생명이 바람 속에 흔들리는 등불과 같던 것을 나는 다시 희억(回憶)해 보는 것입니다.

지구가 생겨서 몇 억만 년 사이 모진 풍상에 겨우 풍화작용으로 모래가 되고 그 위에 푸른 매태17)와 이끼가 덮인 이 척토(瘠土)에 〈생명의 기원〉의 원형 같은 그곳의 노 주민(老注民)들과 한데 살면서 태양과 친히 회화를 하는 것으로 심심풀이를 하고 살아가며 온갖 고독이나 비애를 맛볼지라도 〈시 한 편〉만 부끄럽지 않게 쓰면 될 것을 그래 이것이 무어겠소. 날에 날마다 거리를 나가는 내 눈동자는 사람들의 얼굴을 향하여 고양이 눈깔처럼 하루에 몇 번씩 번해지는 것이오. 아무리 거슬리는 꼴을 보아도 얼굴에 드러내지는 않는다는 것이 군자의 도량이라고 해서 사랑하는 것은 아니오. 그 군자란 말 속에 얼

---

17) 이끼.

마나한 무책임과 무관심이 반죽이 되어 있는 것을 알고는 있는 것이오.

그러나 시인의 감정이란 얼마나 빠르고 복잡하다는 것을 세상 치들이 모르는 것뿐이오. 내가 들개에게 길을 비켜 줄 수 있는 겸양을 보는 사람이 없다고 해도 정면으로 달려드는 표범을 겁내서는 한 발자국이라도 물러서지 않으려는 내 길을 사랑할 뿐이오. 그렇소이다. 내 길을 사랑하는 마음, 그것은 나 자신에 희생을 요구하는 노력이오. 이래서 나는 내 기백을 키우고 길러서 금강심(金剛心)에서 나오는 내 시를 쓸지언정 유언은 쓰지 않겠소. 그래서 쓰지 못하면 죽어 화석이 되어 내가 묻힌 척토(瘠土)를 향기롭게 못한다곤들 누가 말하리오. 무릇 유언이라는 것을 쓴다는 것은 팔십을 살고도 가을을 경험하지 못한 속배(俗輩)들이 하는 일이오. 그래서 나는 이 가을에도 아예 유언을 쓰려고는 하지 않소. 다만 나에게는 행동의 연속만이 있을 따름이오. 행동은 말이 아니고, 나에게는 시를 생각한다는 것도 행동이 되는 까닭이오. 그런데 그 행동이란 것이 있기 위해서는 나에게 무한히 너른 공간이 필요로 되어야 하련마는 숫벼룩이 꿇앉을 만한 땅도 가지지 못한 나라 그런 화려한 필자를 가지지 못한 덕에 나는 방안에서 혼자 곰처럼 뒹굴어 보는 것이오. 이래서 내 가을은 다 지나가고 뒤뜰에 황화(黃化)[18) 한 포기가 피어있으니 어느 동무가 술 한 병 들고 오면 그 꽃을 따서 저 술잔에도 흩어주고 나도 한잔 마셔 보겠소.

---

18) 누런 색의 국화. 황국(黃菊).

횡액

약속하지마는 불유쾌한 결과가 누구나 그 신변에 일어났을 때에 사람들은 이것을 횡액이라고 하여 될 수만 있으면 이것을 피하려고 무진— 애를 쓰는 것이 보통이지마는, 어떤 의미에서는 인간이란 한 사람도 예외 없이 이러한 횡액의 연속연(連續緣)을 저도 모르게 방황하는 것이 사실은 한평생의 역사일는지도 모른다.

그래서 어떤 사람은 사랑하는 사람과 함께 배를 타다가 물에 빠져서 죽었는가 하면, 소나기를 피하여 빈 집을 찾아들었다가 압사를 한 걸인도 있었다. 그러는 동안에 이축들은 대개 사람들의 기억에서 희미해지는 것이며, 심하면 제집 사람에게까지 대수롭지 않게 여겨질 때엔 무슨 수를 꾸며서라도 그 주위의 사람들의 기억 속에 제 존재를 살리려는 노력이 시작된다.

그러나 이러한 노력도 꼭 알맞은 정도의 결과를 가져 온다면 여러 말할 배 아니로되, 때로는 그 효과가 너무 미약하여 이렇다 할 만큼 나타나지 않을 때도 있고, 어떤 땐 너무나 중대한 결과가 실로 횡액이 되고 말 때가 많다.

그런데 여기서 가장 간편한 효용을 생각해낸 것이 연전에 작고한 중국 문호 노신(魯迅)이었다. 그가 이 세상을 떠나던 전전해 여름에 쓴 수필집에서 『병후 일기(病後日記)』를 읽어보면, 다음과 같은 말이 쓰여 있다.

—략(略)— 나는 지금 국가나 사회로부터 그다지 중요하게 보여지지 않는 모양이다. 그뿐만 아니라, 친척 지구(知舊)[1]들까지도 차츰차츰 사이가 멀어져

1) 사귄 지 오래 된 친구.

가는 모양이었다. -략(略)- 그러나 요즘 나는 병으로 해서 이 사람들의 주의를 갑자기 끌게 되었다. 이렇게 생각하면 병이란 것도 그다지 나쁜 것만은 아닌 듯도 하다. 그러나 이왕 병을 앓는다 하면 중병이나 급병은 대번에 생명에 관계가 되니, 재미가 적어도, 다병이란 것은 세상의 모든 귀골들이 하는 것이니, 나 자신도 매우 포스라운 사람들 틈에 끼일 수가 있게 되나보다. -략(略)

이러한 노신 씨 말을 따른다면 병도 때로는 그 효용이 적지 않은 모양이나, 내라는 사람은 실로 천대받을 만큼 건강한 몸이라, 삼백 육십 오일에 한 번도 누워본 기록이 없으니, 이러한 행복조차도 누릴 길이 없었다. 그러나 여기 하늘이 돌봄이었는지, 나는 마침내 뜻하지 않은 횡액에 걸려들었다는 것은 어느 날 아침 전차를 타고 종로로 들어오는 길에 황금정(黃金町)[2]서 동대문에 다다르자, 우리가 탄 전

---

2) 현 중구 을지로1가의 일제강점기 명칭.

차보다 앞에 전차가 아직 떠나지 않고 있으므로, 우리가 탄 전차도 속력을 줄이고 정차를 하려던 것이 앞에 차의 출발과 함께 새로운 속력으로 급한 카브를 도는 바람에, 차안에 사람들은 모두 일시 안정되었던 자세를 겨눌 여지도 없이 몸을 흔들고 넘어가는 것이었고, 나도 아차 할 사이에 넘어지며 머리가 유리창에 닿으려는 순간, 바른 손으로 막은 것만은 문자 그대로 민완(敏腕)[3]이었으나 그 다음 내 팔목에는 전치 이 주일의 열상을 내었고, 유리창은 산산이 깨뜨려졌다.

내 지금도 그 사람의 직함을 알바 없으나, 차장감독이라고 부를 듯한 장신거구의 사십쯤 되어 보이는 헬멧을 쓴 사람이 나에게 와서 친절 정녕히 미안케 되었다는 인사말을 하고, 운전수와 차장의 번호를 적은 뒤에 먼저 사고의 전말을 보고한 다음, 나를 의무실이라는 데로 인도하는 것이었다. 내 마음으로는 종로로 빨리 와서 친한 의원을 찾아 신세를

---

3) 재빠른 팔이라는 뜻으로, 일을 재치 있고 빠르게 처리하는 솜씨를 이르는 말.

질까 하였으나, 이 사람의 친절을 무시하기도 거북해서 따라가는 것이었지마는, 사람들이 오해를 하려면 혹 전차표라도 속이려다가 감독에게 발로(發露)라도 되어 붙잡혀가는 것이나 아닌가고 하면 사태는 자못 난처한 것이었다.

그래 우선 의무실이란 곳을 들어서니, 간호 양이 황망히 피투성이 된 내 손을 〈옥시풀〉로 깨끗이 닦은 뒤에 닥터 씨가 매우 냉정한 태도로 핀셋을 잡고 나타났다. 그리고는 가위 소리와 내 살이 베어지는 싸각싸각 하는 소리가 위품 좋게 돌아가는 전선(電扇)[4) 소리와 함께 분명히 내 귀에 들려왔다.

붕대를 하얗게 감았을 때, 비로소 너무도 조잡한 의무실이구나 하고 생각하며 나오려할 때, 직업과 성명을 묻기에 그것은 알아무엇하느냐고 했더니 규칙이라기에 써주고 말았다.

그래도 또 전차를 타야 했다. 전차 속은 여전히 덥고 복잡하건마는, 싸각싸각 하는 살 베어지는 소리

---

4) 전력으로 돌리는 선풍기.

는 좀처럼 귓가에 사라지지 않았다. 바로 올해 봄이었다. K란 동무가 맹장염으로 수술을 했다기에, 문병을 갔더니, 제 귀로 제 창자를 싸각싸각 끊는 소리를 들었다고 신기해서 이야기하던 생각을 하고, 자위를 해보아도 기분이 그다지 명랑해지지 않기에, 다시 붕대감은 내 팔목을 들여다보고 아픈 정도를 헤아려보아도 중병도 급병도 다병도 될 수는 없었다. 그래서 R이란 동무와 한강 쪽에 나가서 배라도 타고 화풀이를 할까 하고 가던 도중, R군의 말이 〈자네 팔목은 수술을 했으나, 낫겠지마는, 양복 소매는 어쩔 텐가〉 하기에 벗어보았더니, 연전보다 배액이나 들여 만든 새 옷이 영원히 고치지 못할 흠집을 내고 말았다. 세상에 전화위복하는 사람도 있다고 하건마는, 나의 횡액은 무엇으로 보충할 수 있을까? 이것을 적어 D형의 우의에 갚을 밖에 없는가 한다.

청란몽(靑蘭夢)

거리에 〈마로니에〉가 활짝 피기는 아직도 한참 있어야 할 것 같다. 젖구름 사이로 기다란 한 줄 빛깔이 흘러 내려온 것은 마치 〈바이올린〉의 한 줄같이 부드럽고도 날카롭게 내 심금의 어느 한 줄에라도 닿기만 하면 그만 곧 신묘한 〈멜로디〉가 흘러나올 것만 같다.

정녕 봄이 온 것이다. 이 가벼운 게으름을 어째서 꼭 이겨야만 될 턱이 있느냐.

대웅성좌(大熊星座)[1]가 보이는 내 침대는 바다 속보다도 고요할 수 있는 것이 남모르는 자랑이었다.

---

1) 큰곰자리.

나는 여기서부터 표류기를 쓸 수도 있는 것이다. 날씬한 놈 몽땅한 놈 나는 놈 기는 놈 달리는 놈 수없이 많은 어족들의 세상을 찾았는가 하면 어느 때는 불에 타는 열사의 나라 철수화(鐵樹花)나 선인장들이 가시성(城)같이 무성한 위에 황금 사복같이 재겨 붙인 작은 꽃들, 그것은 죽음에의 유혹같이 사람의 영혼을 할퀴곤 하였다.

소낙비가 지나가고 무지개가 서는 곳엔 맑은 시냇물이 흘렀다. 계류(溪流)를 따라 올라가면 자운영꽃이 들로 하나 다복이 핀 두렁길로 하늘에 닿을 듯한 전나무 숲 사이로 들어가면 살짐맥이들은 잇풀을 뜯어먹다간 벗말을 불러 소리치곤 뛰어가는 곳, 하이얀 목책이 죽 둘린 너머로 수정궁같이 깨끗한 집들이 즐비한 곳에 화강암으로 깎아 박은 돌계단이 기다랗게 하양(夏陽)의 옅은 햇살을 받아 진주가루라도 흩뿌리는 듯 눈이 부시다.

마치 어느 나라의 왕궁인 듯 호화스럽다. 그렇다면 왕은 수렵이라도 가고 궁전만은 비어 있는 것일까 하고 돌축을 하나하나 밟아 가면 또다시 기다란 줄행랑(行廊)이 축을 하나하나 밟아 가면 또다시 기다란 줄행랑이 있는 것이고, 그것을 오른편으로 돌아들어 왼편으로 보이는 별실은 서재인 듯 조용한 목에 뜰 앞에 조롱들 속에서 빛깔 다른 새들이 시스마금 낯선 손님을 맞아 아는 체하고 재재거린다. 그 아래로 화단에는 저마다 다른 제 고향의 향기를 뽑아 멀리서 온 〈에트랑제〉는 취하면 혼혼하게 잠이 들 수도 있는 것이다.

　가벼운 바람과 함께 앞창이 슬쩍 열리고는 공주보다 교만해 보이는 젊은 여자 손에는 새파란 줄기에 양호필(羊毫筆)2)같이 하얀 봉오리가 달린 난화(蘭花)를 한 다발 안고 와서는 뒤를 돌아보며 시비(侍婢)를 물리치곤 내 책상 위에 은으로 만든 화병에다 한 대를 골라 꽂아 두곤 무슨 말을 할듯 할듯 하다가는 그만 부끄러운 듯이 아무런 말도 하지 못하고 조심조심 물러가고 만 것이었다.

　달빛이 창백하게 흐르면 유리창을 넘어서 내 방은

---

2) 양털로 촉을 만든 붓.

추워졌다. 병든 마음이었고 피곤한 몸이었다. 십년이나 되는 긴 세월을 나는 모든 것을 내 혼자 병들어 본다. 병도 나에게는 한 개의 향락일 수 있기 때문이었다. 아무도 없는 무덤 같은 방안에서 혼자서 꿈을 꿀 수가 있지 않은가. 잠이 깨면 또 달이 밝지 않은가. 그 꿈만은 아니었다. 그 여자가 화병에 꽂아 주고 간 난꽃이 그냥 남아 있는 것이 아닌가. 그 복욱하고 청렬한 향기가 몇 천만 개의 단어보다도 더 힘차게 더 따사롭게 내 영혼에 속삭이는 말 아닌 말이 보다 더 큰 더 행복된 위안이 어디 있으므로 이것을 꿈이라 헛되다고 누가 말하리요. 진정 헛된 꿈이라고 말하면 꿈 그대로 살아보는 것도 또한 쾌하지 않은가.

나는 때로 거리를 걸어 보기도 하나 그 꿈속에 걸어 본 거리와 그 여자의 모습은 영영 볼 수는 없는 것이었다. 때로 화창(花廠)을 들러도 보고 난꽃을 찾아도 보았으나 내 머리 속에 태워 붙인 그것처럼 사라질 줄 모르는 향기는 찾아볼 수 없었다. 꿈은 유쾌한 것, 영원한 것이기도 하다.

은하수

　지나간 일을 낱낱이 생각하면 오늘 하루는 몰라도 내일부터는 내남할 것 없이 살아갈 수가 없을 것이다. 왜 그러냐 하면 다가올 날보다는 누구나 지나간 날에 자랑이 더 많았던 까닭이다. 그것도 물질로는 바꾸지 못할 깨끗한 자랑이었다면 그럴수록 오늘의 악착한 잡념이 머릿속에 떠돌 때마다 저도 모르게 슬퍼지는 수도 있는 것이다.

　가령 말하자면 내 나이가 칠팔 세 쯤 되었을 때 여름이 되면 낮으로 어느 날이나 오전 열시쯤이나 열한시 경엔 집안 소년들과 함께 모여서 글을 짓는 것이 일과이었다. 물론 글을 짓는다 해도 그것이 제법 경국문학(經國文學)도 아니고 오언고풍(五言古風)

이나 줌도듬을 해보는 것이었지마는 그래도 그때는 그것만 잘하면 하는 생각에 당당히 열심을 가졌던 모양이었다.

그래서 글을 지으면 오후 세 시쯤 되어서 어른들이 모여 노시는 정자나무 밑이나 공청(公廳)에 가서 고르고 거기서 장원을 얻어 하면 요즘 시한 편이나 소설 한 편을 써서 발표한 뒤에 비평가의 월평 등류(月評等流)에서 이러니저러니 하는 것과는 달라서 그곳에서 좌상에 모인 분들이 불언중(不言中) 모두 비평위원들이 되는 것이고, 글을 등분(等分)을 따라서 좋은 것은 상지상(上之上), 그만 못한 것은 상지중(上之中), 또 그만 못한 것은 상지하(上之下)로 급수(級數)를 매기는 것인데 거기 특출한 것이 있으면 가상지상(加上之上)이란 급이 있고 거기서 벌서 철이 난 사람들이 칠언대고풍(七言大古風)을 지어 고르는데 점수를 그다지 후(厚)하게 주는 것이 아니라. 이상(二上), 삼상(三上), 이하(二下), 삼하(三下)란 가혹한 등급을 매겨내는 것이었다.

그런데 문제는 항상 가상지상(加上之上)이란 것이

었다. 이 등급을 얻어한 사람은 장원을 했는 만큼 장원례(壯元禮)를 한턱내는 것이었다.

장원례란 것은 내는 방법이 여러 가지인데 사람에 따라서는 술 한 동이에 북어 한 떼도 좋고 참외 한 접에 담배 한 발쯤을 사오면 담배는 어른들이 갈라 피우고 참외는 아이들의 차지였다. 그뿐만 아니라 장원을 하면 백지 한 권(이십 매)의 상품을 받는 수도 있었다. 그것은 유명조선(有名祖先)의 유산의 일부를 장학기금으로 한 자원이 있는 것이었다. 이것이 우리네가 받은 학교교육 이전의 조선(朝鮮)의 교육사의 일부이었기도 했다.

그러나 한여름 동안 글을 짓는데도 오언(五言), 칠언(七言)을 짓고 그것이 능하면 제법 운을 달아서 과문(科文)[1]을 짓고 그 지경이 넘으면 논문을 짓고 하는데 이 여름 한 철 동안은 경서(經書)는 읽지 않고 주장 외집(外集)을 보는 것이다. 그 중에도 『고문진보(古文眞寶)』나 『팔대가(八大家)』를 읽는 사람도

---

1) 고려 · 조선시대에, 문과(文科) 과거에서 시험을 보던 여러 가지 문체.

있고 『동인(東人)』이나 『사초(詞抄)』를 외이기도 했다. 그런데 글을 짓고 고르고 장원례를 내고하면 강가에 가서 목욕을 하고 석양에는 말을 타고 달리고 해서 요즘같이 〈스포츠〉란 이름이 없을 뿐이었지 체육에도 절대로 둥한히 한 것은 아니었다. 그리고 저녁 먹은 뒤에는 거리로 다니며 고시(古詩) 같은 것을 고성낭독을 해도 풍속에 괴이할 바 없었다. 그뿐만 아니라 명랑한 목소리로 잘만 외이면 큰사랑 마루에서 손들과 바둑이나 두시던 할아버지께선 〈저놈은 맹랑한 놈이야〉하시면서 좋아하시는 눈치였다.

그리고 밤이 으슥하고 깨끗이 개인 날이면 할아버지께서는 우리들을 불러 앉히고 별들의 이름을 가르쳐 주시는 것이었다. 저별은 문창성(文昌星)[2]이고 저별은 남극노인성(南極老人星)[3]이고 또 저별은 삼태성(三台星)[4]이고 이렇게 가르치시는데 삼태성이

2) 중국에서, 북두칠성의 여섯째 별인 '개양(開陽)'을 달리 이르는 말. 학문을 맡아 다스린다고 한다.
3) 천구(天球)의 남극 부근에 있어 2월 무렵에 남쪽 지평선 가까이에 잠시 보이는 별.
4) 큰곰자리에 있는 자미성을 지키는 별. 각각 두 개의 별로 된 상태성(上台星),

우리 화단의 동편 옥매화나무 위에 비칠 때는 여름 밤이 뜻이 없어 첫닭이 울고 별의 전설에 대한 강의도 끝이 나는 것이었다.

그런데 한계 없이 넓은 창공에 어느 별이 어떻다 해도 처음에는 어느 별이 무슨 별인지 짐작할 수 없기에 항상 은하수를 중심으로 이편의 **몇째별**은 무슨 별이고 저편의 **몇째별**은 무슨 별이란 말씀을 하셨다. 그런데 그때도 신기하게 들은 것은 남강으로 가로질러 있는 은하수가 유월 유두절[5]을 지나면 차츰차츰 머리를 돌려서 팔월 추석을 지나고 나면 완전히 동서로 위치를 바꾸는 것이었다.

이때가 되면 어느 사이에 들에는 오곡이 익고 동리집 지붕마다, 고지박[6]이 드렁드렁 굵어가는 사이로 늦게 핀 박꽃이 한결 더 희게 보이는 것이었다. 그러면 우리들은 오언고풍(五言古風)을 짓던 것을 파접을 한다고 온 동리가 모여서 잔치를 하며 야단

중태성(中台星), 하태성(下台星)으로 이루어져 있다.
5) 우리나라 명절의 하나. 음력 유월 보름날이다.
6) 박의 하나.

법석을 하는 것이었다. 그래서 칠월칠석에는 견우성과 직녀성이 일 년에 한번 만나는 날인데 은하수가 가로 막혀서 만날 수가 없기에 옥황상제가 인간 세상에 있는 까마귀와 까치를 불러서 다리를 놓게 하는 것이며 그래서 만나는 견우직녀는 서로 붙잡고 가진 소회를 다하기도 전에 첫닭소리를 들으면 울고 잡은 소매를 놓고 갈려서야만 한다는 것, 까마귀와 까치들은 다리를 놓기 위하여 돌을 이고 은하수를 올라갔기에 칠석을 지나고 나면 모두 머리가 빨갛게 벗어진다는 것, 이러한 얘기를 듣는 것은 잊혀지지 않는 재미였었다. 그래서 나는 어린 마음에도 지상에는 낙동강이 제일 좋은 강이었고 창공에는 아름다운 은하수가 있거니 하면 형상할 수 없는 한 개의 자랑을 느끼곤 했다.

그러나 숲 사이로 무수한 유성같이 흘러 다니던 그 고운 반딧불이 차츰 없어질 때에 가을벌레의 찬 소리가 뜰로 하나 가득차고 우리의 일과도 달라지는 것이었다. 여태까지 읽든 외집(外集)을 덮어치우고 등잔불 밑에서 또다시 경서를 읽기 시작하는 것이었고 그 경서는 읽는 대로 연송(連誦)을 해야만 시월 중순부터 매월 초하루 보름으로 있는 강(講)을 낙제치 않는 것이었다. 그런데 이 강이란 것도 벌서 경서를 읽는 처지면 중용이나 대학이면 단권 책이니까 그다지 힘들지 않으나마 논어나 맹자나 시전(詩傳)⁷⁾ 서전(書傳)⁸⁾을 읽는 선비라면 어느 권에 무슨 장이 날는지 모르니까, 전질을 다 외우지 않으면 안 되므로 여간 힘드는 일이 아니었다. 그래서 십여세 남짓 했을 때 이런 고역을 하느라고 장장추야(長長秋夜)에 책과 씨름을 하고, 밤이 한 시나 넘게 돼야 영창을 보면 하늘에는 무서리가 내리고 삼태성이 은하수를 막 건너선 때 먼 데 닭 우는소리가 어지러이 들이곤 했다. 이렇게 나의 소년시절에 정들인 그 은하수였마는 오늘날 내 슬픔만이 헛되이 장성하는 동안에 나는 그만 그 사랑하는 나의 은하수를 잃어버렸다. 딴이야 내 잃어버린 게 어찌 은하수뿐이리오. 동패어초(東敗於楚)하고 서패어재(西敗於

---

7) 『시경』의 내용을 알기 쉽게 풀이한 책.
8) 중국 송나라 때에, 주희의 제자 채침(蔡沈)이 『서경』에 주해를 달아 편찬한 책.

齋)하고 서상지어진칠백리(西喪地於秦七百里)를 할처지는 본래에 아니었던 것을 오히려 다행이라고나 할까? 그러나 영원한 내 마음의 녹야(綠野)! 이것만은 어디로 찾을 수가 없는 것 같고 누구에게도 말할 곳조차 없다.

그래서 요즘은 때때로 고요해 잠 못 이루는 밤 홀로 헐은 성접(城堞) 위를 걸으면서 맑게 갠 날이면 혹 은하수를 쳐다보기도 하고 그 은하수를 중심으로 한 성좌의 명칭이라든지 그 별 한 개 한 개에 대한 전설들을 동년의 기억을 더듬어가며, 지나간 날을 회상해보나, 그다지 선명치는 못한 것이며 오늘날 내 자신 아무런 성취한 바 없으나 옛날 어른들의 너무나 엄한 교육방법에도 천문에 대한 초보의 기초지식이라든지 그나마 별의 전설 같은 것으로서 정서 방면을 매우 소중히 여기『 것을 생각하면 나의 동년은 너무나 행복스러웠던 만큼 지금의 나의 은하수는 왕발(王勃)의 슬왕각시(滕王閣詩)의 1연인 〈특환성이도기추(特換星移度幾秋)〉오 하는 명문으로도 넉넉히는 해설되지 않는 이유가 있는 것이다. 누가 있어 나를 고이하다 하리요.

현주(玄酒)·냉광(冷光)

: 나의 대용품

    대용품을 얘기하기보다는 우선 적용품(適用品)의 내력을 말해 보겠소. 장신구로 말하면 양복이나 〈오버〉가 모두 연전에 장만한 것이 되어서 속(俗) 소위 〈스푸〉란 한 올도 섞이지 않았소. 그런데 첫여름에 교피(鮫皮)[1] 구두를 한 켤레 신어 본 일이 있었는데 그 덕에 여름비가 그다지 많이 왔는가 싶어 그만 벗어버리고 지금은 없지요. 식용품에는 가배(珈琲)[2]에 다분히 딴 놈을 넣는 모양이나 넣을 때 보지 않는 만큼 그냥 마십니다마는 그도 심하면 아침에 미쓰꼬시[三越]에 가서 진짜를 한잔 합니다.

---

1) 말린 상어 가죽.
2) '커피'의 음역어.

〈버터〉는 요즘 대개는 고놈 〈헷드〉니 〈라-드〉니 하는 것을 주는데 아무런 고소한 맛이 없더군요. 그래서 〈잼〉이나 〈마말레이드〉는 먹고 고놈은 그냥 버려둡니다.

그런데 대용품이라면 요즘은 모두 시국과 불가분의 관계로 생각하는 모양인데 사실은 옛날부터 이 대용품이 있었습니다. 『사례편람(四禮便覽)』3)에 보면 대부(大夫)의 제(祭)에는 오탕(五湯)4)을 쓰는 법이었는데, 그 오탕 중에는 생치탕(生雉湯)이 한몫 끼이는 법이나 제사가 여름이면 생치탕이 없으므로 계탕(鷄湯)을 대용하는 것이며, 술도 옛날에 자가용(自家用)을 빚을 수 있을 때는 맨 처음 노란 청주를 떠서 제주를 봉하고 난 뒤에 손을 대접하곤 했으나, 자가용 주가 없어진 뒤는 술을 사온 것은 부정하다고 예설(禮設)에 있는 대로 냉수를 청주 대신 〈현주(玄酒)5)〉라고 쓰는 법이 있었는데, 이것은 신을 속

---

3) 조선 숙종 때 이재(李縡)가 관혼상제에 관한 제도와 절차를 모아 엮은 책.
4) 궁중에서, 소탕·육탕·어탕·봉탕·잡탕의 다섯 가지 탕을 이르던 말.
5) 제사 때 술 대신에 쓰는 맑은 찬물. 무술.

이기 쉽다는 것보다 그들의 신에 대한 관념이 〈양양히 그 위에 계신 듯〉하다는 말로 보면, 나도 술 대신 현주를 마시고 혼연히 취한 듯하다고 생각해 볼까하오.

그리고 옛날 어떤 선비는 청빈한 집이라 등잔을 켤 형세가 못 돼서 여름이면 반딧불을 잡아서 글을 읽었고 때로는 달빛을 따라 지붕 위에서 글을 읽은 이도 있었다 하니 이도 말하자면 대용품인 것은 틀림없으나 그럴듯 풍류이기도 하지 않소. 요즘은 과학자들이 이 반딧불과 월광을 화열(火熱), 전열(電熱) 등 모든 열광의 대용품으로 자자(孜孜)히들 연구하는 모양인데 이러한 냉광(冷光)이 비록 완성되지 않는다 하더라도 나는 벌써부터 애용하고 있는 터이오. 지금도 나는 휘황찬란한 전열 밑에서보다는 무엇을 사색할 필요가 있을 때는 월광을 따라 성 밑이나 산마루턱을 혼자 거닐기도 하오. 그것도 한겨울 눈이 하얗게 쌓인 위를 밤 깊이 걸어 다니면 그야말로 냉광은 질식된 내 영혼을 불어 살리는 때가 있는 것이오.

연인기(戀印記)

옛날 글에 〈인자(仁者)는 요산(樂山)하고 지자(智者)는 요수(樂水)〉라 하였으니, 내 일찍이 인자도 못되고 지자도 못 되었으니 어찌 산수를 즐길 수 있는 풍격(風格)을 갖추었으리요만 무릇 사람이란 제각기 분수에 따라 기호나 애완(愛翫)하는 바 다르니 나 또한 어찌 애상(愛賞)하는 바 없으리요. 그러나 연기(年紀) 장자(丈者)에 이르지 못하고 덕이 고인에 미치지 못함에 항상 신변쇄사(身邊鎖事)를 들어 사람에게 말하길 삼갔더니, 이에 외람되게 내가 인(印)을 사랑하는 이유를 말하면 거기엔 남과 다른 한 가지 곡절이 있는 것이다.

그것은 인(印)이라고 해도 요즘 사람들이 관청이

나 회사엘 다닐 때 아침 시간을 맞춰서 현관에 썩 들어서면 수위장 앞에서 꼭 찍고 들어가는 목각도 장이나 그렇지 않고 그보다는 한결 행세깨나 한다는 친구들이 약속수형(約束手形)[1]에나 소절수(小切手)[2] 쯤에 찍어 내는 상아나 수정에 새긴 도장도 아니다. 그렇다고 해서 옛날 사람들같이 제법 수령방백(守令房伯)을 다녀서 통인놈을 데리고 다니던 인궤(印櫃) 쪽이 나에게 있을 리도 만무한 것이라 적지 않게 고이하기도 하나, 그보다도 이놈 인이란 데 대한 풍속 습관도 또한 여러 가지가 있었으니, 우선 먼 데 사람들을 쳐보면, 서양 사람들은 사인이란 것이 진작부터 유행이 되었는 모양인데 그것이 심하게 발달된(?) 결과는 소위 사인 마니아가 생겨서 유수한 음악가, 무용가, 배우, 운동선수까지도 거리에 나서면 완전히 한 개 우상이 되는 것이지마는, 내가 말하려는 본의가 처음부터 그런 난폭한 아희(兒戲)가 아니라 그렇다고 중국 사람들처럼 국제간에 조

---

1) '약속어음'의 전 용어.
2) 수표.

약을 맺고 〈첨자(籤子)〉를 한다는 과도히 정중한 것도 역시 아니다.

일찍이 이 땅에는 〈수결(手結)〉이란 형식으로 왼편 손에 먹을 묻혀서 찍은 일도 있고 〈착함(着啣)〉[3] 이라는 그보다 매우 발전된 양식으로 성자(姓字) 밑에 자기 이름자를, 대개는 어조(魚鳥)의 모양으로 상형화해서 그리는 법이 있었는데, 이것은 가장 보편적으로 쓰였고 장구하게 쓰였으니 이것보다도 앞에 쓰여지고 또한 문한(文翰)하는 사람들에게만 쓰여진 것 중에 〈도서(圖書)〉[4]란 것이 있었으니, 그것은 글씨나 그림이나 쓰고 그리면 그 밑에 아호를 쓰고 찍었고 친우 간에 시를 지어 보낼 때도 찍는 것이며 때로는 장서표(藏書表)[5]로도 찍는 것이었다.

그런데 이 도서는 각수(刻手)[6]나 도장장이에게 돈을 주고 새기는 게 아니라 시서화를 잘하는 사람들

---

3) 문서에 직함과 성명을 적거나 수결(手決)을 둠.
4) '圖署'의 오기로 추정. '도서(圖署)'는 책·그림·글씨 따위에 찍는, 일정한 격식을 갖춘 도장.
5) 자기 장서임을 표시하여 책에 붙이는 표.
6) 나무나 돌 따위에 조각하는 일을 직업으로 하는 사람.

이면 자기 자신이 조각을 한 개인의 여기(餘技)로 하는 것이었으며, 사람에 따라서는 매우 정교한 조탁을 하는 이도 있었고, 또 이런 것이라야 진품이라고 하는 것인데, 그 시대에는 이런 풍습이 유행하기를 마치 구주(歐州)의 시인들이 한 가지 여기로써 〈뎃생〉 같은 것을 그리는 거나 다름이 없었다.

그런데 이런 풍습이 성행하게 되면 될수록 인재의 선택이 매우 까다로웠다. 흔히 박옥(璞玉)7)이라는 것이 많이 쓰였으나 상아나 수정도 좋은 것이고, 아주 사치를 하려면 비취나 계혈석(鷄血石)8)이나 분황석(芬皇石) 같은 것이 제일 좋은 것인데 이것들 중에도 분황석은 가장 귀한 것으로 조선에서는 잘 얻지 못하는 것이다.

그런데 우리가 시골 살던 때 우리 집 사랑 문갑 속에는 항상 몇 봉의 인재가 들어 있었다. 그래서 나와 나의 아우 수산(水山) 군과 여천(黎泉) 군은 그

---

7) 쪼거나 갈지 아니한, 천연 그대로의 옥 덩어리.
8) 석회암 가운데에 황화수은을 함유하여 주홍빛 무늬를 띤 돌. 도장 재료나 장식석(裝飾石)으로 쓴다. 주자석.

것을 제각기 제 호를 새겨서 제 것을 만들 욕심을 가지고 한바탕씩 법석을 치면 할아버지께서는 웃으시며 〈장래에 어느 놈이나 글 잘하고 서화 잘하는 놈에게 준다〉고 하셔서 놀고 싶은 마음은 불현듯 하면서도 뻔히 아는 글을 한 번 더 읽고 글씨도 써 보곤 했으나 나와 여천은 글씨를 쓰면 수산을 당치 못했고 인재는 장래에 수산에게 돌아갈 것이 뻔한 일이었다. 그래서 나는 글씨 쓰길 단념하고 화가가 되려고 장방에 있는 당화(唐畵)를 모조리 내놓고 실로 열심히 그림을 배워 본 일도 있었다. 그러나 세월은 12세의 소년으로 하여금 그 인재에 대한 연연한 마음을 팽개치게 하였으니 내가 배우던 중용 대학은 물리니 화학이니 하는 것으로 바뀌고 하는 동안 그야말로 살풍경의 10년이 지나갔었다.

그때 봄비 잘 오기로 유명한 남경(南京)의 여관살이란 쓸쓸하기 짝이 없는 것이라 나는 도서관을 가지 않으면 고책사(古冊肆)나 골동점(古董店)에 드나드는 것으로 일을 삼았다. 그래서 그곳에서 얻은 것이 비취 인장 한 개였다. 그다지 크지도 않았건만 거기다가 모시칠월장(毛詩七月章) 한 편을 새겼으니 상당히 섬세하면서도 자획이 매우 아담스럽고 해서 일견 명장의 수법임을 알 수 있었다. 나는 얼마나 그것이 사랑스럽던지 밤에 잘 때도 그것을 손에 들고 자기도 했고 그 뒤 어느 지방을 여행할 때도 꼭 그것만은 몸에 지니고 다녔다. 대개는 여행을 다니면 그때는 간 곳마다 말썽을 지기는 게 세관리(稅關吏)들인데, 모든 서적과 하다못해 그림엽서 한 장도 그냥 보지 않는 연석들이건만 이 나의 귀여운 인장만은 말썽을 부리지 않았다. 그랬기에 나는 내 고향이 그리울 때나 부모형제를 보고저울 때는 이 인장을 들고 보고 칠월장을 한번 외워도 보면 속이 시원하였다. 아마도 그 비취 인에는 내 향수와 혈맥이 통해 있으리라.

그 뒤 나는 상해를 떠나서 조선으로 돌아오게 되었고, 언제 다시 만날는지도 모르는 길이라 그곳의 몇몇 문우들과 특별히 친한 관계에 있는 몇 사람이 모여 그야말로 최후의 만향을 같이하게 되었는데, 그 중 S에게는 나로부터 무엇이나 기념품을 주고 와야 할 처지였다. 금품을 준다 해도 받지도 않으려니와 진정을 고백하면 그때 나에게 금품의 여유란 별로 없었고 꼭 목숨 이외에 사랑하는 물품이라야만 예의에 어그러지지 않을 경우이라, 나는 하는 수 없이 그 귀여운 비취인 한 면에다 〈증 S. 1933. 9. 10. 육사〉라고 새겨서 내 평생에 잊지 못할 하루를 기념하고 이 땅을 돌아왔다.

몇 해 전 시골을 가서 어릴 때 문갑 속에 있던 인재를 찾으니 내 사백(舍伯)9)께서 하시는 말씀이 〈그것은 할아버지께서 일찍이 말씀하시길 너들 중에 누구나 시서화를 잘하는 놈에게 주라 하였으나 너들이 모두 유촉(遺囑)10)을 저버렸기에 할 수 없이 장서인(藏書印)을 새겨서 할아버지가 끼쳐 주신 서적을 정리해 주었다〉는 것이다. 그리고 내 아우 수산은 그동안 늘 서도에 게으르지 않아 〈도서(圖書)〉를 여러 봉 장만했는데 그중에는 자신이 조각한 것도 있고 인면(印面)도 〈산고수장(山高水長)〉이라고

---

9) 남에게 자기의 맏형을 겸손하게 이르는 말.
10) 죽은 뒤의 일을 부탁함. 또는 그런 부탁.

새긴 것과 〈오거서일로향(五車書―爐香)〉이라고 새긴 큰 인은 거의 진품에 가까운 것이 있으나, 여천 (黎泉)이 가졌다는 몇 개 안되는 인은 보잘 게 없어 때로 내형(乃兄)의 것을 흠선은 해도 여간해서는 제 소유로 만들 가망은 없는 것이고, 나는 아우 것을 흠선도 않으려니와 여간한 도서 개(圖書個) 쯤은 사실로 내 눈에 띄지 않는 것이나, 화가 H군이 가지고 있는 계혈석에 반야경을 새긴 것은 여간 탐스러운 바 아니었지마는, H군으로 보면 그것은 세전지보(世傳之寶)라 나에게 줄 수도 없는 것이고 나는 상해에서 S에게 주고 온 비취인을 S가 생각날 때마다 생각해 보는 것이다. 지금 S가 어디 있는지 십년이 가깝도록 소식조차 없건마는 그래도 S는 그 나의 귀여운 인을 제 몸에 간직하고 천대산(天臺山) 한 모퉁이를 돌아 많은 사람들 틈에 끼어서 강으로 강으로 흘러가고만 있는 것같이 생각된다.

나는 오늘밤도 이불 속에서 모시칠월장이나 한 편 외보리라. 나의 비취인과 S의 무강을 빌면서.

연륜

    C여! 그대의 글월은 받아 보았다. 그리고 그 말단에 〈혼자서 적막하여 못 견딜 지경〉 운운한 것도 그것이 어느 의미에서든지 그 의미를 읽을 수가 없었다.

    그러나 C여! 〈진정한 동무란 모두 고독한 사람들〉이란 것을 우리는 〈알베르 보나르〉의 말을 기다릴 것도 없이 몸으로써 겪은 바가 아닌가? 〈거대한 궁륭을 고아올리는 데 두어 개의 기둥이 있으면 족한 것과 같이 우리들이 인간에 대해서 우리들의 생각하는 바를 관철하기 위해서는 두어 사람의 동무가 있으면 충분한 것이다.〉 그러면서도 괜히 마음의 한 옆이 헛헛하고, 더구나 나그네가 되었을 때

한층 더 절절한 바가 있는 것이지마는, 이러할 때면 나는 힘써 지나간 일들을 생각키로 하는 것이다. 그래도 아는 바와 같이 내 나이가 열 살쯤 되었을 때는 그 환경이 그대와는 달랐다는 것은 그대는 쓸쓸할 때면 할머니께서 명을 잦는 물니마루 끝 장독대를 혼자서 어슬렁어슬렁 돌아다니다가 봉선화 송이를 되는대로 뚝뚝 따서는 슬슬 비벼 던지고, 줄 포플러가 선 신작로를 달음질치면 우선 마차가 지나가고 소 구루마가 지나가고 기차가 지나가고 봇짐 장수가 지나가고 미역 뜯어가는 할머니가 지나가고 멸치 덤장이 지나가고 채전 밭가에 널린 그물이 지나가고 솔밭이 지나가고 포도밭이 지나가고 산모퉁이가 지나가고 모래벌이 지나가고 소금 냄새 나는 바람이 지나가고, 그러면 너는 들숨도 날숨도 막혀서 바닷가에 매여 있는 배에 가 누워서 하늘 위에 유유히 떠가는 흰구름 쪽을 바라보는 것이 아니었나? 그러다가 팔에 힘이 돌면 목숨 한정껏 배를 저어 거친 물결을 넘어가지 않았나? 그렇지마는 나는 그 풋된 시절을 너와는 아주 다른 세상에서 살고 있었던 것이었다. 마치 지금 생각하면 남양토인들이 고도의 문명인들과 사귀는 폭도 됨직하리라. 물론 그때도 나 혼자 지나는 시간이 없는 것은 아니나, 그것은 대부분 독서나 습자의 시간이었고 그 외의 하루의 태반은 어른 밑에서 거처, 음식, 기거를 해야 하는 것이었다. 그러므로 잠자는 동안을 빼놓고는 거의는 이야기를 듣는 데 허비되었다. 그런데 그 이야기란 것이 채장 없이 긴 것이라 지금쯤 역력한 기억은 남지 않았으나 말씀을 해주신 어른 분들의 연세에 따라서는 내용이 모두 다른 것이었다. 대개 예를 들면 노인들은 제례는 이러이러한 것이라 하셨고, 중년 어른들은 접빈객하는 절차는 어떻다든지 또 그보다 매우 젊은 어른들은 청년 예기(銳氣)로써 나는 어떠한 난관을 당했을 때 어떻게 처사를 했다든지 무서운 일을 보고도 눈 한 번 깜짝한 일이 없다거나 아무리 슬픈 일에도 눈물은 사내자식이 흘리는 법이 아니라는 등등이었다.

C여! 나는 그것을 처음 들을 때 그것이 무슨 말인 지는 몰랐고 예사 어린 아이들은 누구나 저런 말을

듣는 것인가 보다 하고 들을 뿐이었다. 그러나 그것은 멀지 않아 나 자신이 예외 없이 당해 보는 것이 아니겠나? 그 무서운 또 맵고 짜고 쓰고 졸도라도 할 수 있는 광경들을!

그래서 나는 내 아우나 조카들에게라도 될 수 있으면 내가 지나온 이 얘기는 하지 않기로 하였더란다. 그랬더니만 그것이 버릇이 되어서인지 집안에 들면 말썽이 적어지고 그렇게 되니 어머니께서도 〈왜 어릴 때는 재미성 있고 그렇던 애가 저다지 말이 없느냐〉고 걱정을 하시는 것이며, 나 자신도 다소는 말이 좀 둔해진 편인데, 옛날 성현이 말하기를 민어행이눌어언(敏於行而訥於言)하라고 하였지마는 지금 나와 같아서는 민어행도 못 하고 눌어언만 한댔자 군자가 될 성싶지도 않고 또 군자를 원치도 않는 만큼 그것은 당분간 걱정이 없으나 결국 내 몸을 둘 곳이 어디이랴. 그래서 나는 요즘 〈생각한다〉는 데 머물러 보기로 한다. 생각도 그야 여러 가지겠지마는 이것은 나로서 공리적이 아닐 수 없다.

왜 그러냐면 미래라는 것이 주책없이 함부로 생각

하면 도대체 말썽이 많은 때문이다. 그러니 잠깐 책장을 덮어 두고 현재를 생각하는 것도 너무 속되다는 것은 원래 연륜이 묵지 않은 것은 신비성이 조금도 없는 까닭이다. 이렇게 되고 보면 만만한 것이 과거인데 C여! 나는 또 어째서 그 아픈 상처를 낱낱이 헤집어내지 않으면 안 되겠느냐.

차라리 말썽 없는 산수에 뜻을 붙여 표연히 갔던 길에 뜻밖에도 만고의 명승을 얻은 내력을 들어나 보라. 가을밤, 가는 빗발이 바늘끝 같이 찬 날씨였다. 열 한 시에 서울을 떠나는 동해북부선을 탄 지 일곱 시간 만에 사냥을 간다는 L과 K를 안변에서 작별하고 K와 H와 나는 T읍에 있는 K의 집으로 가는 것이었다. 연선(沿線)[1]의 새벽에 눈을 뜨는 호수! 또 호수! 쟁반에 물을 담은 듯한 내해에 아침 천렵을 마치고 돌아오는 어범(漁帆)들. 이것이 모두 지방이 달라지면 풍속도 다르게 시시각각에 형형색색으로 처음 가는 손님을 홀리는 것이 아니겠나? 때로는 산을 돌고 때로는 평원

---

1) 일정한 경계선을 따라 그 옆에 길게 위치하여 있는 곳(북한어).

을 지나 솔밭 속을 지나는데 푸른 솔가지 사이로 보이는 양관(洋館)들이 모모의 별장이라 하고 해수욕장이 있다 하나 너무나 대중문화적이고 그곳에서 얼마 안 가면 T읍, K의 집에서 조반을 마치고 난 나는 K의 분에 넘치는 환대를 받아 자동차로 해안선을 1리 남짓 달렸다. 천연으로 된 방파제를 돌아서 바다 속으로 돌진한 육지의 마지막이 거의는 층암절벽으로 된 데다가 동편은 석주들이 죽 늘어선 것이 마치 아테네의 폐허를 그 해상에 옮겨 세운 듯하며 그렇게 생각하면 할수록 서편의 만은 〈이오니아〉의 바다와 같이 맑고 푸르고 깨끗하고 조용한 것이었다. 그러나 바람이 한 번 불면 파도는 동편 석주를 마주쳐 부서지는 강한 음향과 서편 백사의 만을 쓸어 오는 부드럽고 고운 음향들이 산 위의 솔바람과 한데 합치면 그는 내가 이때까지 들은 어떠한 대교향악도 그에 미칠 수는 없는 것이었다. 또다시 눈을 들어 멀리 안계가 자라는 데까지 사방을 살피면 금란도(金蘭島)니 무슨 도(島)니 하는 섬들이 저마다 성격을 갖추어 있으면서도 이쪽을 싸주는 풍경이란 그럴 듯한 것이지만 그 많은 물새들의 깃 치는 소리도 때로는 멀리서 때로는 가까이서 그러나 끊일 새 없이 들려오는 것이었다. 그때 나는 속마음으로 K가 몇 해 전부터 이 고적한 지방에 혼자 와서 살고 있었다는 것은 남이 보기에 외면으로 고적한 것이지 정신상으로는 몇 배나 행복한 것이었을까? 하고 생각할 때 해안의 조그만 뛰집에서 연기가 나는 것을 보았다. 그만하면 나에게는 〈베니스〉의 궁전에도 비할 수 있는 것이며 라마(羅馬)의 흥망사라도 그곳이면 조용히 볼 수가 있겠다고 생각되었다.

C여! 이곳이 바로 내가 보고 온 해금강 총석정의 꿈이었지마는 꿈은 꿈으로 두고라도 고적을 한할 바 무엇이랴? 여기에 모든 사람들을 떠날 수가 있다고 하면 나는 그대를 찾아낼 것이고 그대는 나에게 용기를 주겠지. 그러면 고독은 사랑할 수 있는 것이다.

산사기(山寺記)

S군! 나는 지금 그대가 일찍이 와서 본 일이 있는 S사(寺)에 와서 있는 것이다.

그때 이 사찰 부근의 지리라든지 경치에 대해서는 그대가 나보다 잘 알고 있겠으므로 여기에 더 쓰지는 않겠다.

그러나 지금 내가 앉아 있는 이 숙사는 근년에 새로이 된 건축이라서 아마도 그대가 보지 못한 것이리라. 하지만 그 청렬한 시냇물을 향해서 사면의 침엽수해 중에서 오직 이 집안은 울창한 활엽수가 우거져 있기 때문에, 문 앞에 손이 닿을 만한 곳에 꾀꼬리란 놈이 와 앉아서 한시도 쉴 새 없이 노래를 불러 주는 것이다. 내 본래 저를 해칠 마음이 없는

지라 저도 그런 눈치를 챘는지 아주 안심하고 아래 가지에서 윗가지로 윗가지에서 아래가지로 오르락 내리락 매끄러운 목청이란 귀엽기도 하려니와 그 노란 놈이 꼬리를 까부는 것이 재롱스러워 나에게 날아오라고 손을 내밀면 머-ㄴ 가지로 날아가고 어디선가 깊은 산골에서 뻑궁새 소리가 들려오곤 하는데, 돌 틈을 새어 흘러가는 시냇물이 흰 돌 위에 부서지는 음향이란, 또한 정들일 수 있는 풍경의 하나이다.

S군! 그대와 우리들의 친한 동무들이 이 글을 읽을 때는 아마 나는 이 산사를 떠나서 어느 해변이나 또는 아무도 일찍이 가본 일이 없는 도서(島嶼) 속에서 있을지도 모르고, 내가 지금 붓을 들고 앉아 있는 책상 앞에는 도회로부터 새로운 선남선녀(?)들이 모여 앉아 화투를 치거나 마짱을 하는 따위의 다른 풍속이 벌어지리라.

그러므로 이런 생각을 하면 모처럼 얻은 오늘의 유쾌한 기억을 더럽힐까 소름이 끼칠 것만 같다.

S군! 그러면 내가 금번 이곳에 온 이유가 어디 있

는가도 생각해 보리라.

그러나 이유란 것이 별로히 없다는 것은 내 서울을 떠날 때, 그대에게 부친 엽서와 같은 것이다. 다시 말하면 여행이란 이유가 필요하다면 그것은 여행이 아니고 사무인 까닭이다. 그러므로 내가 여행을 한다는 것은 여정을 느낄 수 있으면 그만이다. 그래서 날씨가 개면 개었다고 흐리면 흐렸다고 바람이 불면 바람이 분다고 봄이면 봄이라고 여름은 여름이라고 가을은 가을이라고, 이렇게 나는 여정을 느껴 보고 산으로 가고자 하면 산으로 바다로 가고자 하면 바다로 가는 것이다. 그도 계획을 한다거나 결의를 한다면 벌써 여정은 사라지고 마는 것이니깐 한번 척 느꼈을 때는 출발이다. 누구에게 알려야 한다든지 또 여장을 차려야 한다면 그는 벌써 뜻대로 되지 못하는 것이다.

그러나 나의 경우에 출발 시를 앞두고 그대에게 엽서 한 장을 쓴다거나 내 아우에게 전화를 걸어서 〈지금 어디 가는데 언제 서울에 온다〉고 하면, 그것도 나에겐 일종의 여정이지 결코 의무의 수행은 아니다. 그러므로 내가 속마음으로 어딜 좀 가보았으면 하는 생각을 했을 때는, 나는 벌써 여행 중에 있는 것이다.

그런데 짚신도 제 짝이 있는 법이라. 나와 같이 이런 사람도, 뜻이 비슷한 사람이 있어 마침 만나게 되자 그 C라는 동무가 바다로 가자는 말을 하였고, 나도 그러자고 의논이 일치하자 간다는 것이 도시로도 미완성이고 항구로도 설익은 곳이라 먼 데서 오신 손님을 대접하는 데는 아직 몰풍정(沒風情)하기 짝이 없었다. 그래서 하룻밤을 지나고 표연히 차에 오르니 웬만하면 서울로 바로 오는 것이 보통이겠는데, 여기에 나라는 사람의 서울에 대한 감정이란 또한 남달리 〈델리케이트〉한 것이 있어 그다지 수월한 것이 아니란 것은 마치 명가집 가식이 성격에 못 맞는 결혼을 하고 별거를 하다가 부득이한 사정이라도 있어 때때로 본가로 돌아오지 않으면 안 될 그때의 심경과 방불한 것이다.

그래서 될 수만 있으면 술집에라도 들어서 얼근하게 한잔하고 오듯이 나 역시 서울이 가까워 오면 슬쩍 옆길로 들어서서 한참 동안이라도 딴청을 떼보는 것인데, 금번 이 산사를 찾아온 것도 그 본의가 명산대천에 불공을 드리고 타관객지에서 괄시를 받지 않으려는 게 아니라, 한잔 들고 흥청거려 보자는 수작이었는데, 웬걸 와서 보니 동천(洞天)에 들어서면서부터 낙락장송이 우거진 사이, 〈오줌〉 냄새가 물씬 나는 산협을 물소리 들으며 찾아 들면 천년 고찰의 태고연한 가람이 즐비하고 북소리 둥둥 나면 가사 입은 늙은 중들은 읍하고 인사하는 풍습도 오랫동안 못 보던 거라 새롭고 정중한 것이었다.

S군! 나라는 사람이 이 순간 이곳에서 무엇을 느꼈으리라고 그대는 생각하는가? 속담에 절에 오면 중이 되고 싶다는 말이야 있지마는 설마한들 내가 세상의 모든 사물과 일시에 인연을 끊고 공산나월(空山羅月)에 두견을 벗 삼아 염불 공부로 일생을 덧없이 보낼 리야 있으랴마는 그래도 생각해 볼 것은 인간의 〈운명〉이라는 것이다. 영원히 남에게 연민은커녕 동정 그것까지도 완전히 거부할 수 있는 비극의 〈히어로〉에 대해서 말이다. 그러므로 사람들

은 결국 되는대로 살아지는 것이 가장 풍자적이고 그러므로 최대의 비극은 최대의 풍자와 혈연을 가지는 동시에 아주 허탈한 맛이 있는 것이다.

바로 이때이다. 나와 동행한 C는 산비탈을 내려오며 목가를 부르는 것이었다. 아마도 〈티롤 알프스〉를 오르내리는 양치는 노인을 생각해 낸 모양이었다. 석양도 재를 넘고 시냇물도 찬 기운이 점점 더해 오면 올수록 사하촌의 뜻뜻한 산채국이 여간한 유혹이 아닌 것이다. S군! 우리가 평소 도시에 살면 생활의 태반은 관능의 지배를 받는 것이지마는 이런 산간벽지로 찾아오면 거의는 본능의 지배를 만족히 알면 그만이다.

S군! 이런 말은 이제 새삼스레 늘어놔 보았자 그대가 그다지 흥미를 느낄 것은 아니라 그만두거니와, 내가 여기 와서 진정 생각해 보는 것은 해당화다. 옛날 우리 향장에는 화단에 해당화가 많이 심겨 있었는데, 내가 어릴 때 그 꽃을 꺾어서 유리병에 꽂아 놓으면 내 어린 아우들이 와서 그것을 제 붕상 위에 가져다 놓는 것이고 나는 다시 내 붕상 위로

찾아오면 그것이 그만 싸움이 되고 했는데 지금쯤 생각하면 어릴 때 일이라 도리어 우습긴 하나 오늘 이곳에서 해당화가 만발한 것을 보니 내 동년이 무척 그립고저워라.

S군! 그런데 이곳 사람들을 보아 하니 산간 사람이라 어디나 할 것 없이 순박한 맛은 그리 없는바 아니나, 기왕 해당화를 심으려면 그 맑은 시냇물가로 심었으면 나중 피는 놈은 푸른 잎 사이에 타는 듯한 정열을 찍어 붙여서 옅은 그늘 사이로 으수이 조화되는 계절을 자랑도 하려니와 먼저 지는 놈은 흰 돌 위에 부서지는 물결 위에 붉은 조수를 띄워 가면 얼마나 아름다울 풍정이겠나? 하물며 화판(花瓣)이 산 밖으로 흘러가서 산외에 어자(漁子)가 알고 오면 어쩔까 하는 공구(恐懼)하는[1] 마음이 이곳 사람들에게도 있을 수 있다면 아마 나까지 이 글을 써서 산외에 있는 그대에게 알리는 것을 혁의스리 하리라.

---

1) 몹시 두려움.

그러나 S군! 역시 산맹(山氓)들이라 밉기도 하려니와 사랑할 수도 있는 사람들이다. 그러면 오늘은 이만 하고 뒷산 숲 사이에 부엉이가 밤을 울어 새일 동안 나는 이곳에서 꿈을 맺어 볼까 한다. 그러나 다음 내 글이 그대에게 닿을 때는 벌써 나는 다른 산간이나 또는 해상에 별과 별 사이의 거리를 헤아려 보면서 지금과는 다른 생각을 하고 있는 줄 알아라.

계절의 표정

한여름 내 모든 것이 싫었다. 말하자면 속옷을 갈아입고 넥타이를 반듯하게 잡아매고 그 위에 양복을 말쑥하게 손질해 입는 것이 귀찮을 뿐 아니라 밥을 먹어야 한다는 것도 기실 큰 짐이었다. 어쩌면 국이 덤덤하고 장맛이 소태같이 쓰고 해서 될 수 있는 대로 살았다. 그러자니 혹 전차 안에서나 다방 같은 데서 친한 동무를 만나서도 꼭 않아서 안 될 인사말밖에 건네지 않았다. 속마음으로는 미안한 줄도 아는 것이지마는 하는 수 없었다. 대관절 사람이 모두 귀찮은 데는 하는 수 없었다. 그래서 금년 여름 동안은 아주 사무적인 이외에 겨우 몇 사람의 동무와 만나면 바둑을 두거나 때로는 〈빌리어드〉를 쳐봐도 손들이 많이 오는 데보다는 될 수 있으면 한산한 곳을 찾았다. 그다지 좋아하던 맥주조차 있으면 마시고 없으면 그만이었다. 그다지 자주는 못 만나도 그리울 때면 더러는 찾아가 보고자 한 적도 있었건만 도무지 몸이 듣지 않는다. 대개는 제대로 만들어진 기회에 길손처럼 만나서는 흩어지고 잠자리에 누워서 뉘우쳐 보는 것이어서 이제야 비로소 뉘우친다는 버릇이 생겼다.

그래서 여름 동안은 책 한 권 책답게 읽어 보지 못했다. 전과 같으면 하늘이 점점 맑고 높아 오는 때면 아무런 말도 없이 내 가고저운 곳으로 여행이라도 갔으련만 어쩐지 여정(旅情)조차 느껴지지 않고 몸도 마음도 착 까라지는 것이었다. 그러나 짐짓 가을에 뺨을 부비며 항분(亢奮)해 보고 울어라도 보고자 한 내 관습이 아직 살아 있었다는 것은 계절을 누구보다도 먼저 느낄 만한 외로움이 나에게 있었다. 그래서 나는 밤에 안두(案頭)에 쌓여 있는 시집들 중에서 가을에 읊은 시들을 한두 차례 읽어 봤다. 그 중에서 대표적이고 세상의 문학인들에게 한 번씩은 으레 외워지는 것으로 폴 베를렌의 「가을의 노래」를 비롯하여 로미 드 구르몽의 「낙엽시」와 「가을의 노래」는 너무도 유명한 것이지마는, 이 불란서의 시단을 잠깐 떠나서 도버해협을 건너면 존 키츠의 「가을에 붙이는 시」도 좋거니와, 윌리엄 버틀러 예이츠의 「낙엽시」도 읽으면 어딘가 전설의 도취와 청춘의 범람과 영원에의 사모에서 출발한 이 시인의 심핵해 가는 심경을 볼 수 있어 좋으려니와, 다시 대륙으로 건너오면 레나우의 「추사(秋思)」, 「만추」는 읊으면 읊을수록 너무나 암담하고 비창해서 눈이 감겨지는 것이나, 다시 릴리앤 크론의 「가을」같은 것은 인상적이고 눈부신 즉흥을 느낄 수 있는 가을이언마는, 철인 니체의 「가을」은 애매의 능변으로도 수정할 수 없을 만큼 가슴을 찢어놓은 「가을」이다.

여기서 다시 북구로 눈을 돌리면 이곳은 지리적인 까닭일까? 가을이 원체 짧은 까닭일까? 가을을 읊은 시가 다른 지역보다 매우 적은 것만은 틀림이 없다. 그러나 러시아의 몇 날 안 되는 전원의 가을을 읊은 세르게이 에세닌의 「나는 아끼지 않는다」라든지, 「잎 떨어진 단풍」과 「겨울의 예감」 등등은 농민들의 시인으로서 그가 얼마나 망해 가는 농촌의 구각(舊殼)[1]을 애상해 한 데 천부의 재질을 경주했는가 엿볼 수 있어 거듭거듭 외어 보거니와 여기서 나의 가을 시 순례는 마침내 아시아로 돌아오고 마는 것이다.

그 중에도 시문학의 세계적 고전이며 그 광희가 황황(煌煌)한[2] 3천년 전의 가을을 읊은 시전(詩傳) 〈국풍겸가장(國風兼葭章)〉을 찾아보고는 곧 번역해 보고 싶은 충동을 느끼지 않을 수는 없었다. 제게나 남의 것을 가릴 것 없이 고전을 번역해 본다는 데는 망령되이 붓을 멜 것이 아니라 신중한 태도를 가질 것은 두말 할 바 아니나, 그것이 막상 문학인 데야 번역 안 될 문학이 어디 있겠느냐는 철없는 생각에 나는 그만 그 1장을 번역해 보고 말았다.

---

1) 낡은 껍질이라는 뜻으로 시대에 맞지 않는 옛 제도나 관습 따위를 이르는 말.
2) (기)황황하다. 아름답고 성하다.

「국풍겸가장(國風兼葭章)」에서

겸가창창(兼葭蒼蒼)	갈대 우거진 가을 물가에
백로위상(白露爲霜)	찬 이슬 맺어 무서리치도다.
소위이인(所謂伊人)	알뜰히 못 잊을 그 님이시고
재수일방(在水一方)	이 강 한 가 번연히 계시련만.
소회종지(遡廻從之)	물따라 찾아 오르려 하면
도 구장(道 且長)	길은 아득해 멀기도 멀세라.
소회종지(遡廻從之)	물따라 찾아 내리자 하면
완재수중앙(宛在水中央)	그 얼굴 그냥 물속에 보여라.

이렇게 겨우 3장에서 1장만을 역했을 때다. 홀연히 사지가 뒤틀리는 듯하고 오슬오슬 추우면서 입술이 메마르곤 하였다. 목 안이 갈하고 눈치가 틀리기도 하였지마는 그냥 쓰러진 채 어떻게 되었는지도 모른다. 그 다음날 아침에 자리에 일어났을 때는 머리가 무거운 것이 지난밤 일이 마치 몇 천 년 전에도 꿈속에서나 지난 듯 기억에 어렴풋할 뿐이었다.

그때야 비로소 나는 병이란 것을 깨달았다. 다만

가을에 대한 감상만 같으면 심경에나 오지 육체에 올 것이 아니라고 생각했다. 그러나 딴은 때가 늦었다. 원체 나라는 사람은 황소같이 튼튼하든 못해도 20년 내에 물에 씻은 듯 감기 고뿔 한 번 시다이 못해 보고 병 없이 지내온 터이라 병에 대한 두려워하는 마음이 없고 때로 혹 으스스하면 좋은 양방이(가미청주계란탕(加味淸酒鷄卵湯)이란 것이 있어 주당들은 국적을 물을 것도 없어 대개 짐작을 한다) 있어 요번에도 그것이면 무려(無慮)할 줄 알았다. 하지만 내가 병이라고 생각한 때는 병이 벌써 뿌리를 단단히 박은 때요, 사실 병이 시작된 때는 첫여름이었던 모양이다.

그래서 모든 것이 귀찮고 거북하고 말조차 여러 번 하기 싫었던 모양인데, 미련한 게 인생이고 미련한 덕분에 멋모르고 가을까지 살아 왔다는 것은 아무런 기적이 아니라 고열에 시달리면 매약점(賣藥店)에 들어가 해열제를 한 봉 사고 아무 데나 다방에 들어가면 더운 가배(珈琲)와 함께 마시면 등골에 땀이 촉촉하게 젖으며 그날 볼 잡무를 다 볼 수 있는 게 신통한 일이기도 했다. 그러나 권태만은 어찌할 도리가 없었다.

여기서 나는 또 한 가지 묘책을 얻었다는 것은 요놈 쉴 새 없이 나를 습격해 오는 권태를 피하려고 하지 않고 권태를 될 수 있는 대로 친절하게 달래어서 향락하려고 했다. 그래서 흉보지 않을 만하면 사무실 응접실 살롱 할 것 없이 귀가 묻힐 만큼 의자에 반은 누운 듯 지내왔다. 담배를 피우며 입술을 조붓하게 오므리고 연기를 천장으로 곱게 불어 올리는 것이었다. 거기에 나는 갠 날의 무지개를 그리는 것이었다. 그뿐만 아니라 나와 마주 앉은 벗들에게 무료를 느끼지 않도록 체면을 차리자면 S는 희랍이나 로마의 신화를 이야기하는 것이고, 나도 열이 내린 틈을 타서 서반아의 종교 재판이나 『아라비안나이트』의 어느 대목을 되풀이하면 그 자리는 가벼운 흥분이 스쳐갔다.

그때는 벌써 처마 끝에 제법 굵은 왕벌들이 날아들었다 간 다시 먼 곳으로 날아가고, 들 길가에 보랏빛 들국화가 멀지 못한 서릿발에 다투어 고운 날을 자랑하는 것이었다. 나는 또 길들을 걷기에 재미를 붙여 보려고도 했다. 혼자 아침 이슬이 아직 마르기도 전에 시외의 나만 가는(나는 3, 4년 동안 나 혼자 거닐어 보는 숲이 있다) 그 숲속으로 갔다. 거기도 들국화는 피어 햇살을 기울게 받아들일 때란 숲속에서만 볼 수 있는 운치와 어울려 마치 보랏빛 연기가 피어오르는 듯 그윽해지는 것이었다.

그러나 나는 이곳을 오래 방황할 수는 없다는 것은 으슬으슬 추워지는 까닭이며 따라 내 몸이 앓고 있다는 표적이라 짜증이 나고, 그래서 짚고 간 짝지로 무자비하게도 꽃송이를 톡톡 치면 퉁겨진 꽃송이들은 낙화처럼 공중을 날아 내 머리와 어깨 위에 지는 것이고, 나는 그만 지쳐서 가쁜 숨을 돌리려고 마친 사람처럼 길을 찾아 나오곤 했다. 길옆 잔디밭에 앉아 숨을 돌리며 생각해 본다. 아무리해도 올곧은 마음은 아니었다. 하지마는 길 가는 놈은 어째서 나를 비웃고 지나는 거냐? 대체 제 놈이 무엇인데 내가 보기엔 제가 미친놈이 아니냐? 그 꼴에 양복이 무슨 양복이냐? 괘씸한 녀석하고 붙잡아 쌈이라도 한판 하지 않으면 내 화는 풀릴 것 같지 않아서 보면 벌써 그 녀석은 어데이고 가고 없다. 이 분을 어디다 푸느냐? 곰곰이 생각하면 그놈 한 놈뿐만 아니라 인간 놈이란 모두가 괘씸하다. 어째서 나를 비웃고 업수이여기는 거냐. 내가 누군 줄 알고. 나는 아직 이 세상에 네까짓 놈들 하고 나서 있지 않다. 또 언제 이 세상에 태어날는지도 모르는 현현(玄玄)한[3] 존재이다. 아니꼬운 놈들이로군 하고 별러델 때에는 책상에 엎어진 채로 열이 40도를 오르락내리락한 때였다.

벗들이 나를 달랬다. 전지 요양을 하란 것이다. 솔깃한 말이라 시골로 떠나기로 결정을 했지만 막상 떠나려고 하니 갈 곳이 어디냐? 한 번 더 생각해 보지 않을 수 없었다. 조건을 들면 공기란 건 문제 밖이다. 어느 시골이 공기 나쁜 데야 있을라구. 얼마를 있어도 싫증이 안 날 데라야 한다. 그러면 경주로 간다고 해서 떠난 것은 박물관을 한 달쯤 봐도 금관

---

3) (기)현현하다. 현묘하고 심오하다.

옥적 봉덕종(奉德種) 사사자(砂獅子)를 아무리 보아도 싫증이 날 까닭은 원체 없다. 그뿐인가. 어디 일초일목과 일토일석을 버릴 바 없지마는 임해전(臨海殿) 지초(支礎)⁴⁾돌만 남은 옛 궁터에서 가을 석양에 머리칼을 날리며 동남으로 첨성대를 굽어보면 아테네의 원주보다도 로마의 원형극장보다도 동양적인 그 주란화각(朱欄畫閣)⁵⁾에 금대옥패(金帶玉佩)의 쟁쟁한 옛날소리가 들리지 않는가? 거기서 나의 정신에 끼쳐 온 자랑이 시작되지 않았느냐? 그곳에서 고열로 인해 죽는다고 하자. 그래서 내 자랑 속에서 죽는 것이 무엇이 부끄러운 일이냐? 이렇게 단단히 먹고 간 마음이지만 내가 나의 아테네를 버리고 서울로 다시 온 이유는 시골 계신 의사 선생이 약이 없다고 서울을 짐짓 가란 것이다. 서울을 오니 할 수 없어 이곳을 떼를 쓰고 올밖에 없었다.

---

4) '굄돌'의 북한어.
5) 단청을 곱게 하여 아름답게 꾸민 누각.

고란(皋蘭)

벌서 사년 전 가을일이다. 그때도 가을 날씨이고 여행하기 좋은 계절이었다.

석초(石草) 형이 시골서 오라고 하였고 가면 백제 고도인 부여 구경을 시켜준다는 것이었다. 그래서 먼저 서천으로 가서 석초 집에서 이삼일을 지난 후 부여로 가게 되었다.

첫날 박물관을 보고 숙사로 돌아와서 그 집의 명물인 잉어요리를 시키고 술을 덥혔으니 석초가 황국을 따다가 술잔에 띄워주며 남쪽으로 있는 창문을 열고 달빛을 맞아들이는 것이 아닌가? 어느 사이 술잔이 오거니 가거니 하는 판에 두 사람이 모두 거나하게 취하게 되자 거리로 나와 무엇인가 하는 요정(料亭)을 찾아서 밤 깊어 돌아올 때는 술이 짙게 취하였던 것이다.

그 다음날 백마강을 따라올라 낙화암을 보고 고란사(皐蘭寺)를 왔을 때 샘물을 마시게 되었고 그 절 중은 고란(皐蘭)[1] 이파리를 따다 물잔에 띄워 주며 고란에 대하여 전설을 얘기하는 것이었다.

의자왕이 고란사 샘물을 궁녀들에게 떠오라 명령하면 궁녀들은 왕에게 보다 더 총애를 받기 위하여 일분 동안이라도 빨리 떠오는 것이고 시간이 거리에 비하여 너무 빠르면 왕은 궁녀들을 의심하는 것이었다. 그래서 반드시 고란사의 석벽 속에서 새어 나오는 물을 떠오게 하고는 그물에 고란 이파리를 띄워오라 명령하셨다는 것이다.

그때 나는 그 고란과 왕과 궁녀와 사이에 얼클린 로맨스를 생각하느라고 그만 고란의 식물학적 지식을 고구할 겨를도 없이 부여를 떠나고 말았으나, 그 뒤에도 항상 나의 회상 속에는 낙화암보다도 자온

---

1) 고란초과의 상록 여러해살이풀.

대(自溫臺)보다도 평제탑(平濟塔)보다도 삼천궁녀보다도 이러한 모든 흥망성쇠를 떠나서 바위틈에 한 이파리씩 솟아나서는 아름다운 궁녀들의 고운 손에 잎사히 뜯겨지고 남은 고란의 조으는 듯 꿈꾸는 듯한 푸른 이파리는 좀처럼 내 머리에서 사라지지 않았던 것이다.

금년 여름 경주 옥룡암(玉龍菴)에서 돌아와서는 그만 절로 가지 않고 우이동 가는 중로에 소유리라고 하는 동리가 있는데 그곳에 나의 위택(渭宅)이 우거(寓居)2)하게 되어 새로 지은 집도 깨끗하려니와 공기가 맑고 정양하기 알맞다고 외숙모가 간절히 권하심에 감사도 하지만 때로는 외숙께 한시(漢詩)에 대한 경위도 듣고 하면 요양에도 정신적인 양식이 되리라고 생각하면 마음이 솔깃하였다.

처음 이 마을에 나와 있을 때는 다소 숙조(肅條)한 느낌이 없는 바도 아니었으나 년래에는 생활이 건강의 관계로 될 수 있으면 술과 계집과 회합을 피하

---

2) 자기의 주거(住居)를 낮추어 이르는 말.

고 보매 자연 생활이 전과 같이 화려하고 임리(淋漓)하지는 못하여도 그 반면에 고담(枯淡)하고 청정하여 전날의 생활을 극채화(極彩畵)라고 한다면 오늘의 생활은 수묵화라고나 할까?

생활이 이렇게 정적으로 되고 보니 자연에 깃드는 마음이 자라고 저절로 천석(泉石)을 지나보지 않게 되매 기화요초가 모다 헛되이 바랄 것이 없으나 그래도 〈나ー르〉와 같이 산중일기를 쓸 바 업고 〈소로우〉처럼 삼림의 철학을 설파하지도 못함은 나의 관찰이 그들에 비하여 거리가 다른 것을 모르는 바도 아니언만 아직도 자연에 뺨을 비빌 정도로 친하여지지 못함은 역사의 관계가 더 큰 것도 같다. 다시 말하면 공간적인 것보다는 시간적인 것이 보다 더 나에게 중요한 것만 같다.

그러나 내가 있는 집 동편에는 석벽 속에서 새어 나는 샘물이 있고 그 물맛이 또 청렬하지 않은가? 그 뿐만 아니라 그 물을 마시면 소화가 잘 되는 것은 또 무슨 까닭인지 과학적으로 그 성분을 분석하지 않으면 모를 것이나, 나의 생각 같아서는 분석이니 무엇이니 할 것 없이 그대로 또 몇 천 년이고 두고 신비롭게 지났으면 하여보기도 하지만은 그보다도 나로 하여금 이곳에 마음을 붙이게 하는 것은 이 샘물 위에 석벽 사이에 고란이 난다는 사실이다.

백제 의자왕이 고란사에만 난다는 이 고란을 한 잎씩 물항아리에 따 넣어 오게 한 것은 다른 곳 물을 마시지 않겠다는 의도 외에도 다른 한 가지 사실을 알 수가 있다. 의자왕이 위병이 있었다는 것도 헛된 추측만은 아니라는 것은 한약방의 당재(唐材)라는 것은 중국서 조선에 올 때에 백제에 먼저 왔다는 사실이 『도서번합(圖書樊合)』에 기록되어 있는데 고란이 중국서 한약의 당재로 백제에 이식되어 온 것인지는 알 수 없으나 어찌 되었던지 이곳에 고란이 난다는 것은 식물분포학적인 흥미를 떠나서 고란이 위장병에 좋다는 사실을 나는 또 한 번 들었다.

그것은 내가 이곳에 와서 아직 몇 날이 되지 못한 여름날 오후이었다. 이곳은 말하자면 시외와 같이 인가가 연결하야 사는 것도 아니고 그 위에 신개지(新開地)가 되어서 찾아오는 빈객도 별로 드물고 나

자신을 찾아오는 사람은 없을 뿐만 아니라 편지도 보내는 사람이 드문 형편인지라 대하는 사람도 일정한 것인데 내 외숙을 방문하는 노 시인 몇 분이 있어 그 샘물가 반석 위에 자리를 펴고 시회를 열거나 시담에 해를 보내는 때도 있었는데, 그 때 창경궁 전작인 홍취암(洪翠岩) 선생이 이곳의 고란을 보고 이것은 속명이 일엽초인데 위장병에 특효가 있는 것이라고 한 말을 종합해 본다면, 내 아직『본초강목』을 상고해 볼 기회는 없었으나 고란은 일엽초이고 일엽초가 고란인 바에야 백제 의자왕의 궁중 생활이 주지육림이었는지는 몰라도 적어도 일국의 왕자로서 화사한 생활에 때때로 조마운동(調馬運動)이나 수렵 이외에는 구중궁궐 안에 가만히 앉으신 귀한 몸이시라 소화가 불량하실 때도 있을 것이라 우연인지 필연인지 고란 이파리를 물 항아리에 따 넣어오게 하신 것은 다만 궁녀들과 심심파적을 하기 위한 가여운 장난만으로 해석할 수는 없는 듯하다.

그래서 나는 이 샘물에 몇 차례나 고란 이파리를 따 넣어서 마셔도 보고 백제 마지막 임금님의 심경!

그 당일의 비극의 왕자로서의 델리케이트한 운명의 왕자를 대신하여 몇 번이나 비분도 하 여 보았으나 나 자신은 위만은 너무 건강하고 강철도 녹을 만하여 심리적인 것보다는 차라리 생리적으로 불가능하다는 것을 알 때 연극이란 진실로 어려운 것이려니와 참다운 사실은 얼마나 어려운 것인가?

그러므로 나는 요즈음 의자왕이기를 그만두고 그 샘물을 떠다가 차를 달여 먹어도 보려니 하였으나 이런 시절이라 차인들 전일같이 맛나는 것을 얻을 수 있어야 말이지. 그런데 얼마 전 정말 중국산의 채리향(菜莉香) 차가 조금 생겨서 달여서 맛을 보았더니 그것은 이십 년 전 북경 생활에서 맛보던 그 맛이 그냥 남아 있지 않은가? 우리가 다 같은 감각 기관이면서도 눈이나 귀나 피부는 어릴 때에 감각하던 그것보다 연치(年齒)가 차차 노성하여지면 그에 따라 변천이 생기건만 미각만이 변함없음은 무슨 까닭일까? 그것은 강남의 생활에서 얻은 잊지 못할 기억이 일시에 이 채리화의 향내를 통하여 그 시에 재생되는 것이 아닐는지. 나는 지금 가을에도

단풍들지 않은 고란 이파리를 바라보며 채리화 차
를 마시면서 강남의 봄을 그려본다.

큰글한국문학선집
: 이육사 작품선집

3. 평문

노신(魯迅) 추도문

노신 약전-부저작목록(附著作目錄)-

　노신(魯迅)[1]의 본명은 주수인(周樹人)이며, 자는 예재(豫才)다. 1881년 중국 절강성(浙江省) 소흥부(紹興府)에서 탄생. 남경에서 광산학교에 입학하여 양학에 흥미를 가지고 자연과학에 몰두하였으며 그 후 동경에 건너가서 홍문학원(弘文學院)을 마치고 선대의학전문학교(仙臺醫學專門學校)와 동경 독일협회학교(獨逸協會學校)에서 배운 일이 있다.

---

1) 중국의 작가(1881~1936). 본명은 저우수런(周樹人). 일본에서 유학하여 의학을 배우다가 문학으로 전환하였다. 민중애, 사회악과 인간악의 증오 및 투쟁 정신이 작품 전체에 흐르고 있다. 작품에 『아큐정전(阿Q正傳)』, 『광인 일기』 따위가 있다.

1917년에 귀국하여 절강성 내의 사범학교와 소흥 중학교 등에서 이화학(理化學) 교사로 있으면서 작가로서의 명성이 높아졌다. 그리하여 오사(五四)문학운동 후 중국문학사조가 최고조에 달하였을 시대에 북경에서 주작인(周作人),[2] 경제지(耿濟之), 심안영(沈雁永) 등과 함께 〈문학연구회〉를 조직하고 곽말약(郭沫若)[3] 등의 〈로맨티시즘〉 문학에 대하여 자연주의문학 운동에 종사하고 잡지 『어사(語絲)』를 주재하는 한편 북경정부 교육부 문서과장 및 국립북경대학, 국립북경사범대학, 북경여자사범대학 등의 강사로 있었으나 학생운동에 관계되어 북경을 탈출하였다.

1926년도 하문대학(厦門大學) 교수로서 남하, 그 후 광주 중산대학(中山大學) 문과 주임교수의 직에

---

2) 중국의 번역가 · 학자(1885~1967). 자는 기명(岂明). 호는 중밀(仲密) · 지당(知堂). 형인 루쉰(魯迅)과 함께 신문학 운동을 이끌며 인도주의 문학을 제창하고 서양 문학과 일본 문학의 소개에도 힘썼다. 작품에 『지당 회상록』, 저서에 『예술과 생활』 따위가 있다.

3) 중국의 문학가 · 정치가(1892~1978). 신문학 운동에 종사하였고 중일 전쟁 후에 과학원 원장, 부수상을 지냈다. 저서에 『중국 고대 사회 연구』, 『갑골문자 연구』, 시집 『여신(女神)』 따위가 있다.

있다가 1928년 이것을 사직하고 상해에서 저작에 종사하는 한편 『맹아일간(萌芽日刊)』이란 잡지를 주재하였다.

이로부터 그의 문학태도는 점점 좌익으로 전향하여 1930년 〈중국좌익작가연맹〉이 결성되자 여기 가맹하여 활동하던 중 국민정부의 탄압을 받아서 1931년 상해에서 체포되었다. 그 뒤 끊임없는 국민정부의 간섭과 남의사(藍衣社)의 박해 중에서 꾸준히 문학적 활동을 하고 국민정부의 어용단체인 〈중국작가협회〉를 반대하던 중 지난 10월 19일 오전 5시 25분 상해 시고탑(施高塔) 자택에서 서거하였다. 향년 56세.

주요한 작품으로는 『아Q정전(阿Q正傳)』, 『눌함(吶喊)』, 『방황(彷徨)』, 『화개집(華蓋集)』, 『중국소설사략(中國小說史略)』, 『약(藥)』, 『공자기(孔子己)』 등이다.

1932년 6월초 어느 토요일 아침이었다. 식관(食館)에서 나온 나와 M은 네거리의 담배 가게에서 조간신문을 사서 들고 근육신경이 떨리도록 굵은 활자를 한숨에 내려 읽은 것은 당시 중국과학원 부주

석이요 민국혁명의 원로이던 양행불(楊杏佛)이 남의 사원(藍衣社員)에게 암살을 당하였다는 기사이었다.

우리들은 거리마다 삼엄하게 늘어선 불란서 공무국 순경들의 예리한 눈초리를 등으로 하나 가득 느끼면서 여반로(侶伴路)의 서국(書局)까지 올 동안은 침묵이 계속되었다.

문안에 들어서자마자 편집원『 R씨는 우리들에게 다음과 같은 말을 들려주었다.

중국 좌익작가연맹의 발안에 의하여 전 세계에 진보적인 학자와 작가들이 상해에 모여서 중국의 문화를 옹호할 대회를 그해 팔월에 갖게 된다는 것과 이에 불안을 느끼는 국민당 통치자들이 먼저 진보적 작가진영의 중요분자인 반재년(潘梓年)(현재 남경 유폐)과 이제는 고인이 된 여류작가 정령(丁玲)을 체포하여 행방을 불명케 한 것이며, 여기 동정을 가지는 송경령(宋慶齡) 여사를 중심으로 한 일련의 자유주의자들과 작가연맹이 맹렬한 구명운동을 한 사실이며, 그것이 국민당 통치자들의 눈깔에 거슬려서 양행불이 희생된 것과, 그 외에도 송경령, 채

원배(蔡元培), 노신 등등 상해 안에서만 30여 명에 가까운 지명지사(知名之士)들이 남의사의 〈블랙리스트〉에 올라 있다는 것이었다.

그리고 그 뒤 3일이 지난 후, R씨와 내가 탄 자동차는 만국빈의사(萬國殯儀社) 앞에 닿았다. 간단한 소향(燒香)의 예가 끝나고 돌아설 때, 젊은 두 여자의 수원(隨員)과 함께 들어오는 송경령 여사의 일행과 같이 연회색 두루막에 검은 〈마괘아(馬掛兒)〉를 입은 중년 늙은이, 생화에 싸인 관을 붙들고 통곡을 하던 그를 나는 문득 노신인 것을 알았으며, 옆에 섰던 R씨도 그가 노신이라고 말하고 난 십분 쯤 뒤에 R씨는 나를 노신에게 소개하여 주었다.

그때 노신은 R씨로부터 내가 조선 청년이란 것과 늘 한번 대면의 기회를 가지려고 했더란 말을 듣고, 외국의 선배 앞이며 처소가 처소인만치 다만 근신과 공손할 뿐인 나의 손을 다시 한 번 잡아줄 때는 그는 매우 익숙하고 친절한 친구이었다.

아! 그가 벌써 56세를 일기로 상해 시고탑 9호에서 영서(永逝)4)하였다는 부보(訃報)5)를 받을 때에

암연 한줄기 눈물을 지우느니 어찌 조선의 한사람 후배로써 이 붓을 잡는 나뿐이랴.

중국 문학사상에 남긴 그의 위치 『아Q의 정전』을 다 읽고 났을 때 〈나는 아직까지 아Q의 운명이 걱정되어 못 견디겠다〉고 한〈로망 롤랑〉의 말과 같이 현대 중국문학의 아버지인 노신을 이해하기 위해서는 우리는 먼저 아Q의 정전을 이해하지 않으면 안 된다. 그러나 지금의 중국의 아Q들은 벌써 〈로망 롤랑〉으로 하여금 그 운명을 걱정할 필요는 없이 되었다. 실로 수많은 아Q들은 벌써 자신들의 운명을 열어갈 길을 노신에게서 배웠다. 그래서 중국의 모든 노동층들은 남경로의 〈아스팔트〉가 자신들의 발밑에 흔들리는 것을 느끼며 시고탑로 신촌(新邨)의 9호로 그들이 가졌던 위대한 문호의 최후를 애도하는 마음들은 황포난의 붉은 파도와 같이 밀려가고 있는 것이다.

그러므로 아Q시대를 고찰하여 보는데 따라서 노

---

4) 영원히 잠든다는 뜻으로, '죽음'을 이르는 말. 영면.
5) 사람의 죽음을 알림. 또는 그런 글. 부고.

신 정신의 3단적 변천과 아울러 현대 중국문학의 발전과정을 알아보는 것도 그를 추억하는 의미에서 그다지 허무한 일은 아닐 것이다.

중국에는 고래로 소설이라는 오늘날 우리가 보는 것과 같은 완전한 예술적 형태는 존재하지 못했다. 『삼국지연의』나 『수호지』가 아니면 『홍루몽(紅樓夢)』쯤이 있었고 다소의 전기가 있었을 뿐으로서, 일반 교양 있는 집 자제들은 과거제도에 화를 받아 문어체의 고문만 숭상하고 백화소설6) 같은 것은 속인의 할 일이라 하여 낳지 않는 한편 소위 문단은 당송팔가와 팔고7)의 혼합체인 동성파(桐城派)와 사기당과 원수원(袁隨園)의 유파를 따라가는 4·6 병체문(騈體文)과 황산곡(黃山谷)을 본존으로 하는 강서파 등등이 당시 정통파의 문학으로서 과장과 허위와 아유(阿諛)로서 고전문학을 모방한데 지나지 못하였으며, 새로운 사회를 창생할 하등의 힘도 가지

---

6) 중국의 구어체 소설. 특히 백화 운동 시대의 소설을 이르는 말로 루쉰(魯迅)의 『광인 일기(狂人日記)』가 유명하다.

7) 팔고문. 여덟 개의 짝으로 이루어진 한시 문체. 중국 명나라 초기에서 청나라 말기에 이르기까지 과거의 답안을 기술하는 데에 썼다.

지 못한 것은 미루어 알기도 어렵지 않은 분위기 속에 중국 문학사상에 찬연한 봉화가 일어난 것은 1915년 잡지 『신청년』의 창간이 그것이다.

　이것이 처음 발간되자 당시 〈아메리카〉에 있던 호적(胡適) 박사는 「문학개량추의(文學改良篘議)」라는 〈문학혁명론〉을 1917년 신년호에 게재하여 진도수(陳獨秀)가 이에 찬의를 표하고 북경대학을 중심으로 한 진보적인 교수들이 합류하게 되자, 종래의 고문가들은 이 운동을 방해코저 갖은 야비한 정치적 수단을 써도 보았으나, 1918년 4월 호에 노신의 『광인일기(狂人日記)』란 백화소설이 발표되었을 때는 문학 혁명운동은 실천의 거대 보무를 옮기게 되고 벌써 고문가들은 추악한 꼬리를 감추지 않으면 안 되었다는 것은, 그 후 얼마 뒤에 노신이 광동에 갔을 때 어떤 흥분한 청년은 그를 맞이하는 문장 속에 『광인일기』를 처음 읽었을 때 문학이란 것이 무엇인지 몰랐던 나는 차차 읽어내려 가면서 이상한 흥분을 느꼈다. 그래서 동무를 만나기만 하면 곧 붙들고 말하기를, 중국의 문학은 이제 바야흐로 한

시대를 짓고 있다. 그대는 『광인일기』를 읽어 보았는가 또 거리를 걸어가면 길 가는 사람이라도 붙들고 내 의견을 발표하리라고 생각한 적도 있었다. …… 노신 재 광동(魯迅在廣東)

이 문제의 소설 『광인일기』의 내용은 한 개 망상광의 일기체의 소설로서 이 주인공은 실로 대담하게 또 명확하게 봉건적인 중국 구사회의 악폐를 통매(痛罵)8)한다. 자기의 이웃사람은 물론 말할 것도 없고 특히 자기 가정을 격렬히 공격하는 것이다. 가정-가족제도라는 것이 중국 봉건사회의 사회적 단위로서 일반에 얼마나한 해독을 끼쳐왔는가. 봉건적 가족제도는 고형화한 유교류의 송법 사회관념 하에 당연히 붕괴되어야할 것이면서 붕괴되지 못하고 근대적 사회의 성장에 가장 근본적인 장애로 되어있는 낡은 도덕과 인습을 여지없이 통매했다. 이에 『광인일기』중에 한절을 초(抄)하면

---

8) 몹시 꾸짖음. 또는 그런 꾸지람.

나는 역사를 뒤적거려 보았다. 역사란 건 어느 시대에나 인의도덕이란 몇 줄로 치덕치덕 씌어져 있었다. 나는 밤잠도 안자고 뒹굴뒹굴 굴러가며 생각하여 보았으나 겨우 글자와 글자 사이에서 〈사람을 먹는다〉는 몇 자가 씌어 있었을 뿐이었다.

이같이 추악한 사회면을 폭로한 다음, 오는 시대의 건설은 젊은 사람들의 손에 맡겨져야 한다는 것을 암시하면서 이소설의 1편은 〈어린이를 구하자〉는 말로서 끝을 맞는다. 실로 이 한 말은 당시의 〈어린이〉인 중국 청년들에게는 사상적으로는 〈폭탄선언〉이상으로 충격을 주었으며 이러한 작품이 백화로 쓰여지는 데 따라 문학혁명이 완전히 승리의 개가를 부르게 된 공적도 태반은 노신에 돌려야 하는 것이다.

『광인일기』의 다음 연속해 나온 작품으로 『공을기(孔乙己)』, 『약』, 『명일』 『일개 소사건(一個 小事件)』, 『두발적고사(頭髮的故事)』, 『풍파(風波)』, 『고향(故鄉)』등은 모두 『신청년』을 통해서 세상에 물의를 일으

켰으나, 그 후 1921년 『북경신보』 문학부간에 그 유명한 『아Q정전』이 연재되면서부터는 노신은 자타가 공인하는 문단 제1인적 작가였다.

그리고 이러한 대작은 모두 신해혁명 전후의 봉건사회의 생활을 그린 것으로 어떻게 필연적으로 붕괴하지 않으면 안 될 특징을 가졌는가를 묘사하고, 어떻게 새로운 사회를 살아갈까를 암시하고 있다. 뿐만 아니라 당시의 혁명과 혁명적인 사조가 민중의 심리에 생활의 〈디테일스〉에 어떻게 표현되는가를 가장 〈레알〉하게 묘사한 것이다. 더구나 그는 농민작가라고 할만치 농민생활을 그리는데 교묘하다는 것도 한 가지 조건이 되겠지마는, 그의 소설에는 주장이 개념에 흐른다거나 조금도 무리가 없는 것은 그의 작가적 수완이 탁월하다는 것을 말하지 않을 수 없다.

그리고 그의 작품은 늘 농민을 주인공으로 하는 것과 때로는 〈인텔리〉일지라도 예를 들면 『공을기』의 공을기나 『아Q정전』의 아Q가 모두 일맥이 상통하는 성격을 가지는 것이니, 공을기는 구시대의 지식인으로 시대에 떨어져서 무슨 일에도 쓰여지지 못하고 기품만은 높았으나 생활력 은 없고 걸인이 되어 선술집 술상 대에 일금 19적(吊) 주채(酒債)9) 가 어느 때까지 쓰여져 있는대로 언제인지 행방이 불명된 채로 나중에 죽어졌던 것이라든지, 〈룸펜〉 농민인 일용노동자 아Q가 또한 쑥스러운 년석으로 〈혁명 혁명〉 떠들어 놓고는 그것이 몹시 유쾌해서 반취한 기분이 폭동대의 일군에 참가는 하려고 하였으나 결국 허풍만 치고 아무것도 못하다가 때마침 얼어난 폭도의 약탈사건에 도당으로 오해되어 (피의 평소 삼가지 못한 언동에 의하여) 피살되는 아Q의 성격은 그때 중국의 누구라도가 전부 혹은 일부분 소유하고 있었던 것이다. 다시 말하면 아Q가 공을기가 모두 사고와 행동이 루즈하고 확호(確乎)한10) 한 개의 정신도 없으며, 우약하면서도 몹시 건방지고 남에게 한 개 쥐여질리면 아무런 반항도 못하면서, 남이 자신을 연민하면 제 도량이 커서 남

---

9) 술값으로 진 빛.
10) (기)확호하다. 아주 든든하고 굳세다.

이 못 덤비는 것이라고 제대로 도취하여 남을 되는 대로 해치는, 무지하고 우스우면서도 가엾고 괴팍스러운 것을 노신은 그〈레알리스틱!〉한 문장으로 폭로한 것이 특징이었으니, 당시 『아Q정전』이 발표될 때 평소 노신과 교분이 좋지 못한 사람들은 모두 자기를 모델로 고의로 쓴 것이라고들 떠드는 자가 있은 것을 보아도 알 수가 있는 것이다.

그래서 당시 중국은 시대적으로 〈아Q시대〉이었으며, 노신의 『아Q정전』이 발표될 때는, 비평계를 비롯하여 일반 지식군들은 〈아Q상〉이라거나 〈아Q시대〉라는 말을 평상 대화에 사용하기를 항다반으로 하게 된 것은 중국 문학사상에 남겨놓은 노신의 위치를 짐작하기에 좋은 한 개의 재료거니와, 그의 작가로서의 태도를 통하여 일관하여 있는 노신 정신을 다시 한 번 음미해보는데 적지 않은 홍미를 갖게 된다는 것은, 오늘날 우리의 조선 문단에는 누구나 할 것 없이 예술과 정치의 혼동이니 분립이나 하나 문제가 어찌 보면 결말이 난 듯도 하고 어찌 보면 미해결 그대로 있는 듯도 한 현상인데, 노신같이 자기 신념이 굳은 사람은 이 예술과 정치란 것을 어떻게 해결하였는가? 이 문제는 그의 작가로서의 출발점부터 구명해야 한다.

노신은 본래 의사가 되려고 하였다 그것은 자기의 〈할일〉이 무엇이라는 것을 알았기 때문이었다. 물론 그때의 자기의 〈할일〉이란 것은 민족 개량이라는 신념이었던 모양이다 그래서 그는 후년『눌함』 서문에 다음 같이 썼다.

나의 학적은 일본 어느 지방의 의학 전문학교에 두었다. 나의 꿈은 이것으로 매우 아름답고 만족했다. 졸업만 하고 고국에 돌아오면 아버지와 같이 치료 못하는 병인를 살리고 전쟁이 나면 출정도 하려니와 국인(國人)의 유신(維新)에 대한 신앙에까지 나아갈 것……

이라고. 이것은 물론 소년다운 노신의 로맨틱한 인도주의적 흥분이었겠지마는 이 꿈도 결국은 깨어지고 말았다.

—의학은 결코 긴요하지 않다. 우약한 국민은 체격이 아무리 좋다고 해도, 또 아무리 강장(强壯)해도 무의미한 구경거리나 또는 구경꾼이 되는 밖에는 아무것도 아니다 —중략— 그러므로 긴요한 것은 그들을 정신적으로 잘 개조할 것은 무엇일까 나는 그때 당연 문예라고 생각했다. 그리고 문예운동을 제창하기로 했다.

(『눌함』 서문)

이리하여 그가 당시 동경에 망명해 있는 중국 사람들의 기관지인 『절강조』, 『하남』 등에 쓰든 과학사나 진화론의 해설을 집어치우고 문학서적을 번역한 것은 희랍의 독립운동을 원조한 〈바이런〉과 파란(波蘭)의 복수(復讐)시인 〈아담 미케비치〉, 〈헝가리〉의 애국시인〈베트피 산더-〉, 〈필리핀〉의 문인으로 서반아 정부에 사형 받은 〈리살〉등의 작품이었다.

그리고 이것은 노신의 문학 행정에 있어서 가장 초기에 속하는 것이지만은 이러한 번역까지라도 그의 일정한 목적, 즉 정치적 목적 밑에 수행된 것을 엿볼 수 있는 것이며, 위에 말한『광인일기』의 〈어린이를 구하자〉는 말도 순결한 청년들에 의하여 새로운 중국을 건설하자는 그의 이상을 단적으로 고백한 것으로서 이 말은 당시 일반 청년들에게 무거운 책임감을 깨닫게 한 것은 물론 이래 기천년 동안의 봉건사회로부터 청년을 해방하라는 슬로건으로 널리 쓰여졌고 사실 그 뒤의 중국 청년학생들은 모든 대중적 사회운동의 최전선에서 활발 과감한 지도와 조직을 하였으며 그 유명한 5·4 운동이나 오주(五洲)운동이나 국민혁명까지도 늘 최전선에 서서 대중을 지도한 것은 이들 청년학생이었다.

그러므로 노신에 있어서는 예술은 정치의 노예가 아닐 뿐 아니라 적어도 예술이 정치의 선구자인 동시에 혼동도 분립도 아닌, 즉 우수한 작품, 진보적인 작품을 산출하는 데만 문호 노신의 지위는 높아 갔고, 아Q도 여기서 비로소 탄생하였으며, 일세의 비평가들도 감히 그에게는 함부로 머리를 들지 못하였다.

그러나 여기에 한 가지 좋은 예가 있다. 1928년경

무한(武漢)을 쫓겨와서 상해에서 태양사를 조직한 청년비평가 전행촌(錢杏村)이 때마침 프로문학론이 드셀 때인 만큼 노신을 대담하게 공격을 시작해보았다. 그 소론에 의하면 노신의 작품은 비계급적이다. 아Q에게 어디 계급성이 있느냐는 것이다.

물론 그것은 정당한 말이다. 노신의 작품에서 우리는 눈 닦고 보아도 프로레탈리아적 특성은 조금도 볼 수가 없는 것은 사실이다.

그러나 우리가 한 사람의 작품을 비평할 때는 그 시대적 배경을 고려하지 않을 수는 없는 것이니, 노신이 작가로 활동을 하고 있을 때는 중국에는 오늘날 우리가 정의를 내릴 수 있는 프로레탈리아는 없을 뿐 아니라, 그때쯤은 부르주아 민주주의적인 정치사조조차도 아직 계선이 분명하지 못하였다는 것은 부르주아 혁명이라는 소위 국민혁명도 정직하게 말하자면 5·4 운동을 전초전으로 한 것만큼 여기서 역시 중국의 비평가인 병신(丙申)은 재미있는 말을 하고 있다.

그가 현재 중국 좌익작가 연맹을 지지하고 있다 해서 그의 〈오사(五四)〉 전후의 작품을 프로 문학이라고 지목할 것은 아니다. 그러나 그를 우수한 농민작가라고 하는 것이 타당타고—

그렇다. 이 말은 어느 정도까지 정당에 가까운 말로서 그를 프로작가가 아니고 농민작가라고 해서 작가 노신의 명예를 더럽힐 조건은 되지 못하는 것이다. 다만 문제는 그가 얼마나 창작에 있어서 진실하게 명확하게 묘사하는 태도를 가지는가 그의 한 말을 써 보기로 하자.

—현재 좌익작가는 훌륭한 자신들의 문학을 쓸 수 있을까? 생각컨대 이것은 매우 곤란하다. 현재의 이런 부류의 작가들은 모두 〈인텔리〉다. 그들은 현실의 진실한 정형은 쓰려고 해도 용이치 않다. 어떤 사람이 즉 이런 문제를 제출한 적이 있었다. 〈작가가 묘사하는 것은 반드시 자기가 경험한 것이라야만 될 것인가?〉 그러나 그는 스스로 답하기를 〈반드시 안 그래도 좋다. 왜 그러

냐 하면 그들은 잘 추찰할 수가 있으므로 절도하는 장면을 묘사하려면 작가는 반드시 자신이 절도질 할 필요도 없고, 간통하는 장면을 묘사할 필요를 느낄 때 작가 자신이 간통할 필요도 없다〉고. 그러나 나는 생각한다. 그것은 작가가 구사회 속에서 생장해서 그 사회의 모든 일을 잘 알고 그 사회의 인간들에게 익숙해져 있기 때문에 추찰11)이 되는 것이다. 그러나 종래 아무런 관계도 없는 새 사회의 정형과 인물에 대해서는 작가가 무능하다면 아마 그릇된 묘사를 할 것이다. 그러므로 프로 문학가는 반드시 참된 현실과 생명을 같이하고 혹은 보다 깊이 현실의 맥박을 감수하지 않으면 안 된다고 하면서 또 다시 말을 계속하는 것이다.

그러나 구사회를 조그만치 공격하는 작품일지라도 만약 그 결점을 분명히 모르고 그 병근을 투철히 파악치 못하면 그것은 유해할 뿐이다. 애석한 일이나마 현재의 프로작가들은 비평가까지도 왕왕 그것을 못한다. 혹 사회를 정시해서 진상을 알려고도 않고, 그 중에는

11) 미루어 생각하여 살핌.

상대자라고 생각하는 편의 실정도 알려고 하지 않는다.

비근한 예로는 얼마 전 모 지상에 중국 문학계를 비평한 문장을 한 편 보았는데 중국 문학계를 3파로 나눠서 먼저 창조파를 들어 프로파라 하여 매우 상세하게 논급하고, 다음 어사사(語絲社)를 소(小)부르파라고 조그만치 말한 후 신월사(新月社)를 프로문학파라 해서 겨우 붓을 대다가만 젊은 비평가가 있었다. 이것은 젊은 기질의 상대자라고 생각는 파에 대해서는 무엇 세밀하게 고구할 필요가 없다는 뜻을 표명한 것이다. 물론 우리는 서적을 볼 때 상대자의 것을 보는 것은 동파의 것을 보는 안심과 유쾌와 유익한 데 미치지 못하는 것은 사실이다. 그러나 만약 일개 전투자라면, 나는 생각컨대 현실과 상대자를 이해하는 편의상 보다 많은 당면의 상대자에 대한 해부를 필요로 하지 않으면 안 될 것이다. 옛것을 분명히 알고 새로운 것에 간도(看到)하고 과거를 요해하여 장래를 추단하는데서만 우리들의 문학적 발전은 희망이 있다. 생각건대 이것만은 현재와 같은 환경에 있는 작가들은 부단히 노력할 것이고, 그래야만 참된 작품이 나오는 것이다.

라고. 이 간단한 몇 마디 말이 문호 노신의 창작에 대한 〈모럴〉인 것이다. 이 얼마나 우리의 뼈에 사무치고도 남을만한 시사인고! 이래해서 현대 중국문단의 부이며 비평가의 비평으로서 자타가 그 지위를 함께 긍정하던 그의 작가로서의 생애는 너무나 짧은 것이었으니, 1926년 3월 『이혼』이란 작품을 최후로 남긴 그는 교수로서 작가로서의 화려한 생애는 종언을 고하지 않으면 안 될 때가 왔다. 그는 지금부터 〈손으로 쓰기보다는 발로 달아나기가 더 바빴다.〉

1926년 북양군벌을 배경으로 한 안복파의 수령 단기서(段祺瑞)의 정부는 급진적인 좌파의 교수와 우수한 지식분자 오십여 명 체포령을 내렸다. 우리 노신은 이 오십 명 중의 한 사람이었다. 그것은 1924년 국민당의 연아용공책(聯俄容共策)이 결정되어 그 익년 가을 〈보로딘〉 등이 고문으로 광동에 오고, 〈전국민적 공동전선〉이었던 국민혁명의 제1단계인 광동 시기에는 프로레탈리아의 동맹자는 농민, 도시빈민, 소프로 지식계급, 국민적 부르주아지였다.

그래서 급진 교수들은 교육부 총장, 군벌 정부를 육박하였으며 이러한 신흥세력에게 낭패와 공포를 느낀 군벌 정부는 이러한 교수들과 학생들에게 체포령을 내리고 학생들의 행렬은 정부 위병들의 발포로 인하여 남녀 수백여 명의 사상자가 났다. 그때 노신은 북경 동교민항의 공사관 구역의 외국인 병원이나 공장 안으로 돌아다니며 찬물로 기아를 참아 가면서도 신문과 잡지에 기고를 하여 군벌정부를 맹렬히 공격하였다 그 중에도 〈국민이래 최암흑일에 지(國民以來 最暗黑日에 誌)〉하였다는 명문은 단기서로 하여금 의자에 내려않게 되었다.

붓으로 쓴 헛소리는 피로 쓴 사실을 만착(瞞着)12)하지 못한다. (…중략…) 붓으로 쓴 것이 무슨 힘이 있으랴. 실탄을 쏘는 것은 오직 청년의 피다.

속화개집(續華蓋集)

---

12) 남의 눈을 속여 넘김.

오늘날까지 중국문단의 〈막심 고리키〉이던 그는 지금부터는 문화의 전사로서 〈앙리 발부스〉보다 비장한 생애가 시작되는 것이었다.

그의 말과 같이 최암흑한 오십일이 지나고 그는 북경을 탈출했다. 하문대학에 초청을 받아갔으나 대학 기업가의 음흉수단인 것을 안 그는 광동 중산대학으로 갔다. 그러나 1926년 6월 15일 장개석의 쿠데타는 광동 일성(一省)만 노동자, 농민, 급진 지식분자 삼천여 명을 검거하였으며, 한때는 〈혁명의 전사〉라고 간판을 지닌 노신도 상해로 달아나야만 되었다. 여기서 우리가 다시 한 번 그에게 흥미보다는 최대의 경의를 갖게 되는 것은 다음의 일문이다.

나의 일종 망상은 깨어졌다. 나는 지금까지 때때로 낙관을 가졌었다. 청년을 압박하고-하는 것은 대개 노인이다 이들 노물들이 다 죽어지면 중국은 보다 더 생기 있는 것이 되리라고. 그러나 지금의 나는 그렇지 않은 것을 알았다. 청년을-하는 것은 대개는 청년인 듯하다. 또 달리 재조(再造)할 수 없는 생명과 청춘에 대

해서 한층 더 아낌이 없이…… (이기집(而己集))

이 글은 그가 침묵하고 있는 것을 〈공포〉때문이라고 조소한 사람에게 답한 통신문의 일절로서, 이때까지 진화론자이던 그 자신의 사상적 입장을 양기(揚棄)하고 새로운 성장의 일단계로 보인 것이라고 해석해도 틀리지 않을 것이다.

그가 상해에 왔을 때는 국민당의 쿠데타로 혁명군에게 쫓겨 온 젊은 프로문학자가 많았다. 〈혁명문학론〉이 효효(囂囂)히 불러지고 실제 정치 행동의 전선을 떠난 그들은 총칼 대신에 펜을 잡았다. 원기 왕성하게 실제 공작의 경험에서 매우 견실한 것도 있었으나, 때로는 자부적인 영웅주의가 화를 끼치고-에 실패한 분만(憤瞞)과 극좌적인 기회주의자들은 노신을 공격했다. 그러나 그는 프로문학이란 어떤 것인가, 또는 어찌해야 될 것인가를 알리기 위해 아버지 같은 애무로서 〈플레하노프〉, 〈루나찰스키--〉들의 문학론과 〈소비에트〉의 문예정책을 번역 소개하여 중국 프로문학을 건설하고 있는 동안에

〈노신을 타도치 않으면 중국에 프로문학은 생기지 못한다〉던 문학 소아병자들은 그 자신들이 먼저 넘어지고, 이제 그가 마저 가고 말았다.

이 위대한 중국문학가의 영 앞에 고요히 머리를 숙이면서 나의 개인적으로 곤란한 타형(惰形)에 의하여 문호 노신의 윤곽을 뚜렷이 그리지 못함을 참괴(慙愧)히[13] 알며 붓을 놓기로 한다. —료(了)—

---

13) 매우 부끄러워 함.

영화에 대한 문화적 촉망

　오늘날 우리가 말하고 있는 문화란 것은 역사적으로는 우리의 선대로부터 계승하야 온 것이며 지리적으로는 지구의 표리를 물론하고 선진사회로부터 흡수하여 온 것이다.

　그런데 이것을 계승 또는 흡수하는 데는 우리는 그 수단으로써 활자의 힘만을 전적으로 신뢰하여왔다. 그래서 현재의 우리의 지식이란 건 실로 이 활자의 문화적 위치와 정비례의 것이었다. 하지만은 금후로는 문화적 중임을 이 활자에 독담(獨擔)을 요구하지는 못할 것이란 것은 벌써 우리가 알고 있는 정도에서도 〈필림 라이브라러〉]같은 것이 얼마나 생겼다든지 이런 것은 말하지 않는다 해도 오늘날의 영화라는 것은 대중오락의 왕좌를 차지하였을 뿐만 아니라 그중에는 기다(幾多)의 예술이 나왔으며 보는 그대로가 우리의 지식이었다는 사실만은 누구나 부정하진 못하리라.

×   ×   ×

이러한 기운이 장성하는 여음(餘蔭)으로 조선에서도 이 방면에 선각한 인사들이 혹은 영화제작소나 또 회사 같은 기관을 만들어 연내에 많은 공력을 들여온 것은 실로 감사도 하려니와 앞으로도 더욱 정진이 있기를 바라는 바이지만은, 우리가 여기에 한 가지 더 요구하고자 하는 바는 그들의 영화에 대한 문화적 임무의 수행이다.

우리들이 말로는 쉽게 문화 문화 하지만은 영화를 제작한다는 사실이 곧 문화란 것은 아니다. 훨씬 고급의 문화란 것은 보다 더 〈문화적인〉 작품을 창조하는데 있는 것이다. 그런데 여기 있어서는 제각기 보는 바에 따라 이론이 분분하다. 어떤 자는 프로듀서의 제도를 완성하라고 하고 어떤 자는 시나리오 라이터의 출현을 대망하고 있는 것이 작년 1년간의 대표적인 이론의 주조인 동시에 다소는 실천에 들어선 경향도 없지는 않은 것이나 이것도 한번 새로운 검토가 있어야 할 것이라는 것은 이 프로듀서의 제도를 확립키 위해서는 영화자본의 고도한 조직이 필요한 것이며, 고도의 영화자본을 필요로 하는 데는 배급시장을 확대 강화하지 못하고는 가망할 수 없는 것이니 이렇게 되자면 외국 시장에의 수출이란 것도 고려하지 않으면 안 될 것이나, 문제가 너무 호한(浩瀚)[1]해지므로 훨씬 그 초점을 줄여 말하자면 조선에서 영화자본을 그나마 조직화한 곳은 우선 조선영화주식회사가 있고 그 회사에서 작품으로 두 개째 제작중이라고하나 유감으로는 이 원고를 쓰는 때까지는 개봉이 되지 않았으니 말할 만한 재료도 되지 않으므로 다음 기회에 미루거니와, 다음 시나리오작가는 아니라 천일영화에서 극작가 류

---

1) (기)호한하다. 넓고 커서 질펀하다.

씨의 「도생록(圖生錄)」을 영화한 것은 그 결과의 성(成) 불성(不成)은 고사하고 영화가 문단과 교섭을 가져 보려한 첫 단계인 줄로 보아서 한 가지 의의가 있었다고 치더라도 그 의의란 마침내 의의대로만 마쳤다.

×   ×   ×

그러면 또 각 사의 제작태도는 어떠한가. 조영(朝映)에서는 앞에 말한 바와 같이 한 개도 개봉을 않았으니 미지수에 속하기는 하지마는 「무정(無情)」을 영화로 만드는 데는 기획자로는 영리상 관계에서 한 개의 궁지일지 모르나 화면은 보증할 만한 것을 지금 갖지 못했으며 고려영화사(高麗映畵社)에서 「복지만리(福地萬里)」를 촬영 중이라 완성은 시일이 남았으니 다음에 보아야 알겠지마는 만영(滿映)과 공동기획이란 말이 있는데 그렇다면 이 영화는 무엇을 말하여줄 것인가를 전연 모를 바는 아니다. 그렇더라도 영화가 영화로서 성공을 한다면 그 기획과 그 연출을 촉망해두어도 조선영화를 키우자는 마음으로 후일을 기다려볼 것이며, 천일은 말한 바와 같이 「도생록」은 그러했고 「국경(國境)」을 문예작품이라고 선전을 하는데 그도 성과는 알 수가 없다. 다음으로 극광(極光)이 「어화(漁火)」을 내인 후로 그 조직을 주식회사로 변경을 한다고 활동 중인 모양인데, 제2회 작품이 어떤 게 나올지 모르나「한강(漢江)」그것은 동 영화사를 사랑하는 마음으로라도 상승이라고는 할 수가 없었다. 그 외 반도(半島), 한양(漢陽) 등 각사가 모두 제작에 있음으로 다 말하지 못함은 유감이나 다음 몇 작품으로라도 내놓은 후에라야 알 것이다.

× × ×

한말로 말하자면 조선영화란 아직 나이가 어리다고 하겠지마는 그래도 벌써 십여 성상(星霜)을 두고 그 길에 일한 분들이 정신적으로나 물질적으로나 희생을 거듭해온 결과라, 현상보다는 좀더 진전이 있어야 할 것이건만 현재의 범위를 졸연히 벗어나지 못함은 자본의 빈곤이나 기술의 미련이나보다도 두뇌의 편협에 기인하는 바도 적지 않으리라. 물론 무대 위에서나 카메라 앞에서 십년 가까운 세월들을 보낸 분들도 있으니까 개인으로는 한 가지 자랑도 되겠지마는, 한 개의 위대한 예술품을 창조하는 데는 그까짓 건 아무것도 아니란 것은 십년 동안에 무대에 자라난 우리의 〈로파-드·도-낱〉를 아직 한 사람도 찾아내지 못한 것이다. 그것은 제 자신을 아는데서만, 다시 말하면 제 전통을 아는 데서만 기술가는 기술가대로, 연출가는 연출가대로, 출연가는 출연가대로 제각기 무게 있고 값비싼 스타일을 화면에 나타낼 수 있을 것이다. 기사와 사무라이와 선비들은 걸음걸이조차 제 모습이 다 달랐다. 돈은 돈이고 기술은 기술이지 만 가지 돈에 천 가지 기술을 가해도 결국 예술은 산산(山産)되지 않는 것이다. 문화를 사랑하는 양심적인 기획가와 숙련한 기술자, 사도(斯道)[2])에 정진한 분들이라도 좀더 널리 안목을 들어 문화전반에 향하여 양지(良知)의 인사들을 구해서 그 지식 전체를 종합하고 처리할 만한 창조적 정신과 수법을 가져야 비로소 조선영화가 영화로써 완성될 것이며 문화로서의 사명도 수행할 것이다. 물론 이 외에도 영화이론의 전반에 향해서 또는 시나리오는 시나리오대로 감독론, 배우론 등등 될 수만 있으면 졸렬하나마 한번 언급코자 했으나 지정된 지면도 다하였기에 다음 기회에 미루고 그치기로 한다.

---

2) 어떤 전문적인 방면의 도(道)나 기예(技藝).

예술형식에 대한 변천과 영화의 집단성

: 〈시나리오〉 문학의 특징

〈시나리오〉를 우리들이 남다른 관심을 가지고 생각해 온 것은 하루 이틀에 시작된 것이 아니다. 물론 시나리오라면 〈스크린〉에 영사될 영화의 대본이므로(〈컨티뉴의티〉와는 다르다) 영화를 촬영한다는 현실적 조건의 제약을 받아왔던 조선에서 〈시나리오〉를 연구한다는 것은 마치 건축을 할 힘이 없는 설계도를 꾸미는 것과 같으므로 모두 자중하여 외부에 발표하지 않았을 뿐이나, 요즘같이 영화회사나 혹은 개인의 제작소가 자꾸 생겨지는 현상에는 이 문제도 당연히 토의되어야 할 것이며, 그렇지 않아도 〈시나리오〉가 연극에서의 희곡이나 음악에서의 악보의 위치를 차지한다는 데는 우선 이론이 없으려니와, 남은 문제는 예술적 장르로서 형식을 운운하는 사람이 있다고 하더라도 그것은 무엇보다 먼저 우수한 작품을 생산하면 스스로 해결될 문제이며, 일부 인사들이 백안시하는 경향이 있다고 하더라도 역사란 항상 앞서가는 자만이 짓는 것이며, 이것은 예술사회에 있어서도 또한 같은 것이다.

그러면 여기에서 〈시나리오〉의 문학적 특징을 말하기 위하여 영화에 대한 형식의 변천과정을 먼저 말할 필요가 있다. 영화에 있어서도 표현형식은 소설과 같이 처음은 설화체로부터 시작되었다. 그래서 점차 추리해 온 것은 특히 최근의 예술 〈장르〉 전체를 통해서 표현되어 있다. 즉 다시 말하면 모든 예술부문이 기록적 형식을 취하고 있다는 데 주의하지 않으면 안 된다. 19세기의 방대한 소설문학의 가치도 결국 일언으로 말한다면 그것이 인간생활의 진실한 기록이였던 때문이 아니던가.

처음부터 소설은 〈픽션〉에서 발달해왔고 또 장래에도 소설은 설화형식을 아주 저버리지는 못할 것이다. 그러나 근대 소설문학의 역사는 차라리 이 설화체에 대한 반항일는지도 모른다는 것은 오늘날 우리가 한 말로 근대소설이라고 하더라도 그중에서 두개의 방법을 간취(看取)할[1] 수 있었으니, 그 한 개의 방법은 〈성격〉에, 또 한 개의 방법은 〈행동〉에 이렇게 제각기 다른 길을 걸어갔다. 그렇게 하여 후자의 〈액션〉 소설은 필연적으로 소설 본래의 영토인 설화형식에서 현재의 대중소설로 발전하는 일방에 〈캐릭터〉 소설은 인간의 개성을 내면으로 성찰하면서 심리소설로 향해갔으니, 불란서에 있어서 〈루소〉의 『참회록』이 근세문학의 개인주의 문학의 기초인 자아란 것을 발견시키면서 소설은 점점 자서전적 고백으로 접근했다. 그러나 또 다른 한 개의 중요한 사실은 자연주의 〈리얼리즘〉의 발생이다. 이것이 이때까지의 모든 〈로맨스〉를 파괴하면서 현실에 충실한 기록으로 소설을 변모시키고 말았다.

이때에 소설문학이 기록적 경향을 취하면서 특정한 개인의 생애를 기록한 것은 무리가 아니었다. 개

---

1) (기)간취하다. 보아서 내용을 알아차리다.

인주의 사상의 발달에 따라서 부인의 해방운동이 이 시기에 절규되던 때인 만큼 여성의 운명이 주요한 〈테마〉로 된 것은 주의할 사실인 동시에 『보바리 부인』이나 『여자의 일생』이 창작되었고 사회소설의 선구자인 〈졸라〉까지도 생물학적 진화론의 영향을 받아 일가(一家)의 몇 대에 향한 운명을 〈테마〉로 취급한 것은 말할 필요도 없이, 우리는 문학이 시간적인 역사가 취급된다는 것을 알 수가 있다. 그러면 영화에서는 어떠한가? 영화는 그 자신의 시간적 제약 때문에 불가능한 것이다. 그러면 영화는 어떠한 점에서 〈휴먼 다큐멘트〉일 수 있느냐.

그것은 두말할 것 없이 영화에 있어서는 개인의 운명보다는 집단의 운명이 주요한 〈테마〉인 것이다. 수직적으로 역사를 말하는 대신 수평선적으로 지리를 말하고 개인을 묘사하는 대신에 집단을 묘사하는 것이다. 그리하여 그 집단의 심리와 성격과 운명이 묘출되어야 한다. 그 한 개의 적절한 예로서 영화 〈아랑〉을 본 사람이면 종래의 극이나 소설에서 보지 못하던 새로운 문학을 느끼지는 않았을까?

〈아랑〉도(島)를 휩쓸어 오는 호장한(豪壯)2) 파도! 바위 사이에 씨를 뿌리는 주민들! 이것을 단순한 〈엑소티즘〉으로만 볼 수는 없는 것이다. 그것은 인간생활의 〈리얼리티〉를 조그만한 과장도 없이 보여준 것 밖에 무엇이었던가!

그러면 문학하는 사람이 편시(片時)라도 잃지 못할 인간생활의 〈리얼리티〉를 〈발자크〉에서 다시 한 번 검토하여 보자.

〈발자크〉의 그 유명한 〈싸뮤엘〉 지방의 풍물묘사를 생각만 하여도 넉넉하다. 한 사람의 얼굴을 그려내기 위하여 수십 행을 써 내리고 〈살롱〉의 내부 하나를 그리기 위해서 3, 4 〈페이지〉를 허비한 것은 완전히 기록인 것이다. 그래서 붓끝은 차차로 대물 〈렌즈〉가 할일까지 다하였고, 자연주의의 묘사란 것은 붓끝에 의한 사진이 되었다. 그랬기 때문에는 책상 위에 떨어진 머리칼 한 개나 사람의 콧등에 솟은 사마귀의 빛까지 그리려고 고심을 한 것이다.

---

2) (기)호장하다. 1. 호화롭고 장쾌하다. 2. 세력이 강하고 왕성하다. 3. 호탕하고 씩씩하다.

지금 와서 본다면 그것은 보고기록이 사무적으로 요구하는 정확에의 노력이었을지도 모른다. 그리고 그 노력은 설화의 흥미와는 별개로 생겨진 것인 때문에 설화의 전개보다도 상상이 사실과 같이 정확하게 기록된다는데 목적이 옮겨졌다.

이럴 때에 우리가 보고 있는 것은 문필이란 수공업적 형식에 의한 사진인 것이다. 내계와 외계를 그냥 그대로 묘사하여 내려는 표현수법은 그것이 넉넉히 존재할 수 있던 그 사회의 생활과학의 방법에 의해서만 가능하였던 것이다. 그리고 그 표현의 원리가 사진을 목표로 했을 때 그 원리를 규정한 과학은 사진을 부여하였고 따라서 사진은 자연주의의 원리의 가장 간단한 구체화였다.

사진의 발명에 따라 외계의 묘사에 관한 한 문필적인 수단에 의한 그 수공업적인 기록의 단계를 관통할 수가 있었고, 사진은 자연주의의 소설이 그 설화 속에서 가지고 나온 표현원리를 경공업적으로까지 해결하였다.

이렇게 과학적 기술이 자연주의의(혹은 회화까지

도) 노력을 간단히 해결한 다음에 소설과 회화는 벌써 외계의 정밀한 모사만으로는 안 되게 되었다. 그래서 어느 점에서는 사진에서 영화에의 그 과학기술적인 자연주의의 원리에 반대까지도 해보았다. 이런 반대의식이 〈졸라〉나 〈세잔〉의 뒤에까지 성장해갔을 때는 마침 19세기의 화려하던 자유주의가 종언을 고하던 때였다. 과학은 융융한 발달을 하였으나 그것은 외계를 옛날과 같이 지배하지는 못하였다. 그래서 대전이 일어났을 때는 과학은 아주 딴 의미에서 존재하였다. 한때는 19세기 구라파의 생산력을 그만치 팽창시켰건만 그 다음은 20세기 구라파를 완전히 황무지로 만들었다. 이런 커다란 변화 위에서 자연주의는 일방에서 사진이나 영화에 의한 너무나 간단한 외계모사의 발달로 말미암아 자신의 영지를 빼앗기고 타방에서는 외계의 관찰기록이라는 과학적 자신까지 상실하기 시작했다. 과학적 자신을 읽은 자연주의는 전전전후(戰前戰後)에 향하야 가장 혼란한 예술운동을 통해서 고찰해 보는 것도 재미로운 것이다. 초현실주의나 표현주의의 앞에는 외계는 옛날 그대로의 매력을 잃었을 뿐 아니라 점점 회색의 세계로 몰락하고 말았다. 그럴 때 대물 〈렌즈〉는 세계의 곳곳마다, 그 촉수를 뻗치면서 인간을 질식케 하는 포연탄우(砲煙彈雨) 중에도 극히 냉정하게 관찰과 모사를 계속하면서 그 발밑에서 자연주의의 소설과 회화와 무대극 등이 전면적으로 해체하는 것을 보았다. 이것은 과연 자연주의만의 해체이었을까. 지금에 그 때를 회고하면 그것은 예술의 수공업적 표현 형식의 해체이었던 것은 틀림없는 사실이었다.

영화가 단시간에 이만큼 대중화한 배후에는 다른 모든 예술수단도 변천하고 있었던 것이다. 전부터 고도로 발달되어있던 생산과학의 영향을 받아서 예술의 표현형식도 차츰차츰 기술공학적으로 되어졌다. 문학에 있어서도 이러한 변화는 벌써 현저한 것이니 현실적으로는 역시 대전(大戰)의 영향으로 지금까지의 예술형식 위에 변화가 온 것이다. 이렇게 하여 소설에 미치는 형식상의 변화와 전후의 영화 예술의 급격한 발달과는 밀접한 관계를 가지고 있는 것이다. 문학이 전쟁 속에서 상상적인 설화형식을 버렸을 때 영화 속에서는 전쟁의 묘사에 관한 일종의 〈멜로드라마〉가 늘 성장하고 있었으니 이곳에서 처음 〈시나리오〉 문학은 이상한 첫길을 떠났다.

대전은 모든 지식을 기술가적이고 조직적인 것으로 만들었다. 전쟁에 의한 지식층의 이공적(理工的) 훈련이 곧 예술의 형식에까지 반영한 것은 고이할게 없거니와, 이러한 세례를 받고 난 자유주의의 소설은 그 수공업적 난관이 부정되었다는 것은 과학 정신에서 출발한 자연주의가 바라고 있던 극점에서 온 것이다. 신즉물주의에 통한 보고기록의 형식은 자유주의의 양기(揚棄)[3]라고 생각하는 까닭이다. 벌써 상상에서 설화형식을 끌어내는 케케묵은 작법은 완전히 매력을 잃었다. 전쟁은 이점에서도 강력이었다는 것은, 사실이란 것은 항상 인간의 상상을 초월해서 쇄도(殺到)함으로서다. 다시 말하면 전쟁과 같은 강도의 현실은 어떠한 공상적인 서술보다

---

3) 변증법의 중요한 개념으로, 어떤 것을 그 자체로는 부정하면서 오히려 한층 더 높은 단계에서 이것을 긍정하는 일. 지양(止揚).

도 차라리 설화체일 수가 있는 까닭이다.

이때에 있어서 같이 현재란 것이 귀중할 때는 없었다. 〈레마르크〉나 〈렌〉 등의 소설 가운데는 이 때문에 묘사가 부지중 현재의 연속으로 돼 있지 않는가? 그 가장 〈현실〉적인 장면에 사실의 쇄도를 감당하지 못할 만큼 현재의 쇄도하는 연속이 있을 뿐이다. 이렇게 하여 전쟁소설에서 뜻밖에도 보고 기록의 형식이 생겼다는 것은 어디로 보든지 필연적이었으며, 그곳에는 개성의 성격보다 집단의 운명이 그려지고 한사람의 심리보다는 군중의 상모(相貌)4)가 표현되어서 그것은 완전히 서사시를 방불케 한 신경지는 〈시나리오〉의 장래를 암시한 것이지만은 소설이 문학을 사실의 시간적인 기대에 종속시키려 할 때 여기서 나온 것은 영화와 치사한 신즉물적인 행위이었다. 그것은 극히 시각적이며 청각적이었다. 오늘의 영화에서 심리적 묘사를 결했다고 하는 문화인의 대다수는 문학 속에서 벌써 개성의 서술적 형식이 여하히 변천되어 가는가를 자각

---

4) 면상.

하지 못한 것뿐이다. 그나마 영화의 심리 묘사를 19세기의 자연주의 소설의 예에 비하는 것은 시대착오도 심한 것이다.

여기서 우리는 영국시인 〈C. D 루이스〉의 재미로운 말을 들어보자.

위대한 문학이란 것은 항상 〈리얼리티〉를 서사시의 〈피치〉에까지 끌어올리는 것입니다. (…중략…) 장래에 있어서 서사시는 아마도 인간과 자연과의 사이에 일어나는 투쟁을 보다 더 명확하게 묘사해낼 것이겠지요. 말하자면 〈지상〉이나 〈털키십〉같은 위대한 영화를 보신 분들은 영화는 이이상의 아무것도 손을 대일 데가 없으리라고도 생각하겠지요. 그렇게 되면 소설이 앞으로 백년이나 혹은 그 이상 생명을 보장하리라고는 조금 더 생각해볼 문제입니다.

이것은 결국 자서전 내지는 성격소설에서 출발한 근대문학이 도달한 결과는 현대문명의 모든 착잡상(錯雜相)이 일개인의 내부에 철저적으로 침투되어

분석되고 비판된 결과 개성적인 아무것도 남김이 없이 전인간성적 문제, 다시 말하면 서사시에까지 발전되어온 것이란 견해는 정당한 것이다.

그러면 서사시와 소설에는 어떠한 구별이 있어야 하느냐 하면, 그것은 물론 후자가 얻은 특정한 개인을 추구하고 개성을 묘사하는데 반해서 전자는 집단적인 문제를 취급하는데 특징이 있는 것이다. 이에 문예대사전의 기록을 잠깐 빌어보면

서사문학은 무엇보다도 먼저 비개성적 문학인 것이다. 그것은 서정시나 성격소설이나 성격극같이 개성을 중심으로 하는 일없이 집단·민족·국민·계급을 중심으로 하고, 개인의 의식이 아니고 집단의 의식에 따라서 관통된다. 서사문학은 그 때문에 그 내용은 보다 위대한 문학이고 개물(個物)이 아니고 전체에 속하며, 고립이나 분열이 아니고 종합에 향한다. 그래서 서사문학의 동기 혹은 흥미는 개인의 슬픔이나 기쁨이 아니고 집단의 운명이며, 이것을 지배하는 것은 개인의식이 아니고 집단의식인 때문에 서사문학은 개성 속에 몰입하거나

탐닉하는 일이 없이 가장 건전한 (嗜慾)으로써 외계의 집단생활에로 나아간다. 즉 그것은 내면적인 혹은 내향적인 문학이 아니고 외면적 혹은 외향적인 문학인 것이다 운운.

이 설명은 그 자체가 최근의 우수한 영화에 적용되지 않는가. 이러한 집단전체가 힘을 합하여 건설적인 목적을 향해서 투쟁하는 서사시적 〈테마〉가 영화에서 발전하였다는 것은 당연한 일인 동시에 이러한 영화의 기록적 성질이나 서사시적인 표현기술은 최근 각국의 영화에서 현저하게 볼 수가 있게 되었다. 바로 얼마 전에 우리가 본 영화 〈대지〉같은 것은 가장 적절한 예의 한 개다.

〈펄 벅〉의 소설 『대지』는 말할 것도 없이 〈아란(阿蘭)〉이란 한 여성이 주요한 〈테마〉로 되어있는 것이고 영화 『대지』는 그것을 각색 촬영한 것이지만은 〈아란〉의 운명을 그려내는데 있어서는 소설 같은 것은 이 영화에 멀리 미치지도 못하는 것이다. 왕룽(王龍)의 일가가 부침하는 그 운명은 소설에 있어서는 결국 소설적 내용인 것이었고, 영화에와 같이 울어지지는 않는 것이었다. 나 자신이 다년간 중국에 있으면서 흉년도 보았고 약탈도 보았지마는 울지는 않았다. 물론 중국에는 사억만의 민중 속에 그 반수가 왕룽이라면 나머지 반수가 아란이다. 그리고 모두 그 동양적, 아니 중국적인 인종의 운명에 얽매여 어쩔 수 없이 살아있는 것이다. 그리고 〈스크린〉을 통하여 내 머리에 들어온 〈아란〉의 기억은 내 종생에 사라지지 않을 것만 같다.

그런데 영화 〈대지〉에 있어서 가장 생생한 〈리얼리티〉를 느끼게 한 장면은 무엇보다도 기근의 대군이 기차를 향하여 쇄도하는 장면과 약탈 때문에 군대가 내동(內動)하는 곳과 황충(蝗虫)의 대군이 글자 그대로 운하같이 습래(襲來)5)하는 곳이었다. 그런 장면에는 왕용 일가의 운명보다도 중국 민중 전체의 운명이 놀랄만한〈리얼리티〉를 가지고 보는 사람들을 육박하는 것이다. 그중에도 황충의 대군과

5) 내습(來襲).

필사적으로 싸우고 있는 민중의 웅자(雄姿),6) 이러한 자연의 폭위와 싸우는 때에 개인 간의 사소한 감정적 쟁투 같은 것은 전체를 위하여 소멸되고 사람들은 모두 일치단합하여 당면의 적을 퇴치하는 것이다. 여기에 인간과 자연과 투쟁하는 장대한 서사시가 있고 영화예술의 기록적 우월성이 있는 것이다.

그렇다면 여기서 다 같이 중국을 〈테마〉로 하여 『정복자』를 세상에 보내준 불란서의 작가 〈앙드레 말로〉의 말을 들어보는 것도 좋다.

소설가는 인간의 〈심리적 숙명〉을 창조했으나, 보고문학은 인간의 두상에 더욱 무겁게 덮어쓰인 숙명을 폭로하고 정리하고 파악하지 않으면 안 된다.

고. 그는 〈보고문학의 필요〉에 이렇게 말했다. 그러나 그것은 말로 자신의 문학이 벌써 수행한 것이 아닌가. 영화예술에 있어서는 그 숙명과 사(死)에 직

---

6) 웅장한 모습.

면하여 투쟁하는 의지와 힘의 표현이 필요한 것이다. 그러기에 영화 〈아랑〉이나 〈대지〉 같은 것은 가장 대담하게 우리들의 힘찬 흥분으로 끌고 가는 것은 자연과 생사의 일록에서 투쟁하는 인간의 생존본능의 강렬한 표현 외에 다름이 없다.

여기에서 서사시가 갖는 건설적인 명랑성과 유유(悠悠)한 〈괴테〉의 〈산상의 정숙〉보다도 〈드라마틱〉하고 소장한 의지와 행동에 〈이즘〉이 표현된다. 그것은 한편으로는 현대와 같은 가열한 현상이 필연적으로 요구하는 것일지도 모르나, 여하간 영화에 본질이 여기에 가로놓여 있는 것은 틀림이 없다. 따라서 이러한 모든 점은 이상에서 소개한 영화를 산출한 〈시나리오〉가 문학적으로 수행한 것임을 알아두는 것은 한갓 사도(斯道)를 담당한 자만의 광영은 아니다.

그러면 다시 여기 한번 언급해둘 필요가 있는 것은 소설에 있어서의 작중의 인물과 독자와의 친밀 관계는 이상에서 일단 자명되었다 하더라도 영화에 있어서는 어떠하냐. 이것은 말할 것도 없이 소설 이상으로 보는 사람들의 화중(畵中)의 인물과 접근시킨다. 이것은 내가 말하기 전에 〈잔 에프스타〉는 이렇게 말한다.

고뇌는 손이 닿는 곳에 있다. 만약 내가 손을 버리고 내심(內心)이여 너는 나에게 만져질 수 있다. 나는 이 고뇌의 속눈썹을 헤아려보마. 그러면 나는 너의 눈물을 맛볼 수도 있다. 한때의 사람의 얼굴이 내 얼굴에 이다지도 가까이 와 본 적은 없다.

고. 이때부터 화중의 인물과 객관과의 친밀관계는 시작되었다. 아무리 값싼 작품이라고 해도 우리가 한순간이라도 도취한 적이 있었다면 영화의 독특한 비밀은 뜻밖에도 이곳에 있는 것이다. 그리고 영화의 〈리얼리즘〉의 마병(魔兵)도 여기에 잠복하고 있는 것이니 우리들의 이성과 판단을 마비시키는 감각적 표상이며 육체적인 압필도 된다. 그뿐만 아니라 소설에는 작중인물은 일종 상징적인 작용을 가지지 않은 영화에서는 특정한 이름을 가진 개인은 소멸되고 만다. 다만 그림 속에 사람과 접근하면 접근할수록 그것은 인간 일반에 환원되는 것이다. 그래서 우리들은 화중의 인물과 공간지각을 공유하게 되는 것이다. 미개인들에게 영화를 보이면 정면으로 돌진해 오는 물체를 피해서 달아난다고 한다. 그야 우리들 문화인도 기차가 정면으로 맥진해오면 그다지 좋은 기분을 갖지는 않는 것이다. 비행기의 날개에〈카메라〉를 장치하고 곡예비행을 하면 우리들은 비행사와 함께 현혹을 느끼기도 한다.

그러면 극과는 어떤 관계에 있느냐 하는 것도 생각해볼 수가 있다. 〈극은 항상 인간의 의지의 투쟁을 주제로서 취급해왔다〉고 말한 〈뿌륜체-ㄹ〉의 이론은 너무도 유명하지마는 극에 있어서는 인간의 상극의 〈모멘트〉가 어느 정도까지 높아 가면 거기서는 그만 막이 내려지고 관객들은 모두 〈스모킹 룸〉으로 들어간다. 그러나 영화에서는 연극보다도 투쟁은 격렬하고 일층 심각하다. 그러한 예로는 〈자크 페데〉의 〈미모자관(館)〉을 보자. 그곳에는 어머니가 아들을 때리는 장면이 있다. 매우 연극적이면서도 거기에 막은 내리지 않는다. 이뿐 아니라 〈갱〉 영화나 개인과 개인의 쟁투뿐 아니고 집단과 집단의 투쟁하는 장면, 장렬한 〈스펙터클〉이 전개된다. 이러한 수없는 영화의 특성에 관한 기술은 무엇을 의미하는 것인가. 그것은 매우 본능적인 표현에 영화가 우수하면서도 소설보다 개인 개인에 접근하기 용이하고 연극보다 집단적인 강력을 가지고 있는 영화의 형식적 특징을 말하려는 데 지나지 않는다. 그리고 이 형식적 특징은 인간 본능적인 〈센세쇼낼리즘〉에의 도취나 〈파나치시즘〉에로 구사할 가능성은 없는 것일까?

개인주의가 붕괴하고 집단이해가 대립 격화해 오면 이 영화적 특징은 흔히는 선전 매개체로서 유력하게 쓰여지는 때가 있으므로 교양 있는 사람의 일부에서는 영화의 예술성까지를 부정하는 경향도 있으나 그것은 아직 외국의 얘기이고, 인간과 자연의 사이에 투쟁을 묘출하는 한 진실로 위대한 예술영화 양심적인 영화를 제작하려는 데는 이런 것은 기우에 지나지 않는 것이며, 자연의 폭력 앞에서 전

인류의 생존본능은 강력한 의지로 전화해야 〈히로이즘〉은 곧 〈휴머니즘〉으로 승화하고 마는 것이다. 그리고 이 일은 가장 양심 있는 이 땅의 젊은 〈시나리오〉 작가의 출현을 기다려 완성될 것이며, 기성문예의 각색이나 〈오리지널 시나리오〉거나 무엇이나 관계없고 적어도 〈시나리오〉 문학을 건설하는 데는 〈시나리오〉라는 영화예술의 문학에의 접근이 아니고 문학의〈시나리오〉에의 접근이라야 하며 〈시나리오〉 문학은 아무런 데로 구애될 것 없이 예술적으로 독립해야할 것이다. 그리고 개개의 문제는 기회있는 대로 논의되어야 할 것이다.

중국 현대시의 일 단면

　이런 문제를 우리가 생각해볼 때 무엇보다도 먼저 머리 위에 떠오르는 것은 중국의 현대문학이란 전면적 문제를 우선 염두에 두고서 고찰해보지 않으면 안 된다는 것은 〈혁명문학〉이란 중국현대문학의 일대전환이었던 때문이다. 다시 말하면 민국 사십 년의　오주사건(五州事件)이　일어나기까지는 소위 〈문학건설〉의 시기였으므로 자연히 기교 방면만을 중시하게 되었지만 이때부터는 문학이란 그 자체의 내용이 요구되지 않을 수 없었다. 그래서 이때까지는 로맨티시즘의 단꿈을 그리며 상아탑 속에 들어 앉아 한일월(閒日月)을 노내던 문학인들도 이 시대적 격류에 휩쓸려서 십자가두(十字街頭)로 걸어 나오지 않을 수 없었다. 그러면 여기서 다시 신문학 건설의 시대로 올라가서 현대시의 발전과정을 더듬어보는 것이 현대 중국시단을 이해하는 첩경일 듯하다.

그러면 현대 중국시는 그 발전과정에 있어 어떠한 길을 밟아왔느냐 하면 먼저 시체(詩體)를 파괴하는 데 중요한 의미가 있었다. 그것은 일체의 산문이 사육병체(四六駢體)를 무시한 것과 같이 현대시는 이때까지의 중국시가 가지고 온 생명이며 전통인 오언칠율(五言七律)의 형식을 완전히 말살하는데 있었다. 시체(詩體)의 해방이란 중국의 신문학 건설의 초기에 있어서 주요한 문제의 한 개였던 만큼 신문단에서 그 생장도 소설이나 희곡에 비하여 훨씬 더 빨랐다. 그러나 그 당시의 신시 즉 백화시(新詩卽白話詩)는 한 개 작품을 볼 때는 어느 것이나 유치한 것이었으니 그 예를 백화시의 수창자인 호적 박사(胡適博士)의 『상시집(嘗試集)』에서 보거나 그 뒤에 나온 호회침(胡懷琛)의 『대강집(大江集)』이나 유대백(劉大白), 유복(劉復) 등의 작품에 이르기까지 모두 어찌 어색한 것이 마치 청조관리가 대례복을 입고 여송연을 피우듯 어울리지 않은 것이었다. 그러나 이 공전 무후한 태동기를 지나오면서 강백정(康白情), 유평백(愈平伯), 왕정지(汪靜之), 곽말약(郭抹若) 등의 무운시(無韻詩)[1]라거나 사완영(謝婉瑩), 종백화(宗白華), 양종대(梁宗岱) 등의 소설형식이 이 시대의 대표 작품이었고, 시체 해방(詩體解放) 후에 가장 성공한 작품들인데도 불구하고 비록 오언칠율의 시체는 파괴했다고는 할지언정 옛날부터 내려오던 사(詞)에 대한 취미를 완전히 탈각하지는 못한 혐의는 사람마다 지적한 것이었다.

그러나 호 씨의 『상시집』은 백화로 써진 최초의 시집인 만큼 현대 중국시 남본(藍本)[2]인 것이고 이와 거의 동시에 시단에 등장한 것이 호회침(胡懷琛)의 『대강집(大江集)』이었는데, 이것은 백화로 써진 구체시(舊體詩)라 문제가 되지 않으며, 유대백은 『구몽(舊

---

1) 압운이 없는 약강 오보격(弱强五步格)의 시. 운의 구속이 없어 산문에 가까운 서술적 시와 시극에 많이 쓰이는 전통적 시형이다.
2) 원본.

夢)』이란 처녀시집이 있고 그 뒤『풍운(風雲)』, 『화간(花間)』, 『홍색(紅色)』을 써서 4부작으로 되었으며 그 외에도『중국문학사』가 있고 그 후 복단대학(復旦大學) 문과주임을 거쳐 국민정부 교육차장이 되고는 시와는 인연이 멀어졌으며 유복은『양편집(楊鞭集)』, 『와부집(瓦釜集)』등의 작품이 있으나 원래가 읍리대학(邑里大學)의 문학박사인 만큼 국립 북경대학 중법대학(中法大學)의 교수, 주임, 원장 등에 영달하였고 본시 그 작품보다도 그는 음성학의 전문가인 만큼 그 방면의 공헌이 더 큰 것이다.

그러면 지금부터 보다 더 현대시를 진보시킨 무운파를 찾아보면 대표적인 사람들로는 강백정, 유평백으로 강은『초아(艸兒)』를 유는『동야(冬夜)』를 내놓은 것이 이 파의 최초의 간물(刊物)이고 또 시단에서 상당히 중시되었다.

그리고 이들 중에도 왕정지와 곽말약은 서정시로서 유명했는데, 이 두 시인은 어느 점으로나 대차적인 처지에서 볼 때 흥미를 느낄 수 있는 것은 곽말약의『여신(女神)』이 전체의 운명을 위하여 모든 정세를 기울이는데 비해서 왕정지의 『혜적풍(蕙的風)』은 대담하게도 한 개인의 청춘에 정화를 분출하는 것이었는데, 이 두 시인의 성공 불성공은 차치하고 하여간에 당당한 시대의 폭로자였다는 점에서 볼 때 어느 때나 공통된 〈하트〉의 소유자였다는 것은 부인하지 못하는 것이다.

기왕 무운시라는 말이 났으니 한말 더하여 둘 것은 심윤묵(沈尹默)(1883)의 존재인 것이다. 그는 절강성 오흥현 사람으로 나중 북대(北大) 교수로 평대(平大)학교장까지 지냈지만은 그의 작품이 민국 6년에 『월야(月夜)』로 출판되었을 때 신체시로서 상당히 평가될 조건이 구비된 것이었으며 실로 무운시의 최초의 출판물이었다. 그리고 지금이야 유명한 주작인(周作人)도 그 시대는 시를 써서 「소하(小河)」라는 당대의 명작을 발표하였고, 시집으로 『과거적 생명』이 있는 것은 기억해 둘 바이나, 그는 역시 유머러스한 소품문에 장처(長處)가 있는 것이며 일본 문학 연구가로서 생명이 더 긴 것이다.

그 당시에 소시(小詩)를 쓰던 사람으로는 누구보

다도 규수시인 사빙심(謝冰心)을 찾아야 한다. 그는 1903년에 복건성 민후(閩候)에 나서 연경대학을 마치고 아메리카의 웰즈레 대학인가 다닐 때 『신보부간(晨報副刊)』에 「기소독자(奇素讀者)」라는 아동 통신문을 써서 유명해졌고, 시집 『춘수(春水)』, 『번성(繁星)』이 있으며 때로는 소설도 쓴다고 하나 본 일이 없고, 그의 고백에 들으면 자신 인도 시성 타골의 영향을 받은 바 크다는 것이다. 시인으로 다른 시인의 영향을 받는 것이 옳고 그른 것은 그 자신이 아닌 이상에 말할 바 아니나 기왕 영향의 이야기가 났으니 말이지 바로 이 파에 속하는 종백화(宗白華)야 말로 그 고백과 같이 그 시집 『유운(流雲)』에도 괴테의 냄새가 적지 않게 발산하는 것이다. 그런 만큼 시경(詩境)의 청신함을 높이 헤아리는 수 있으나 격조가 왕왕히 진부함은 이 시인이 얻는 것도 적지 않는 대신 잃은 것도 컸었다. 그 다음 『훼멸(毀滅)』과 『종적(踪跡)』을 세상에 보내서 알려진 주자청(朱自淸)이 있다는 것은 잊어서 안 될 것이다.……(이 시인을 위해서는 후일 구체적인 것을 써 볼까 한다.)

이 시기에 누가 중요하니 어떠니 해도 중국의 현대시를 시로서 완벽에 가깝도록 쓴 사람은 서지마(徐志摩)라고 한다. 이때에 신시를 쓴 사람은 모두들 신인인데 비해서 선배작가로서의 서지마는 (1899~1931) 절강성 해영현에 낳고 일찍 영국 검교대학을 마치고 국립중앙대학과 북경대학에서 교수를 역임했고, 작품으로는 「지마적시비(志摩的詩翡)」, 「취냉적일아(翠冷的一夜)」, 「맹호집(猛虎集)」, 「운유집(雲遊集)」 외에 산문집으로 『낙낙(落落)』, 『자부(自部)』, 『파리적인조(巴里的麟爪)』가 있으며 기부 희곡(幾部戲曲)과 번역이 있고 민국 이십년 가을 상해서 북경으로 오는 도중 제남서 비행기의 고장으로 떨어져 죽자 전국 문단으로부터 비상히 애석해마지 않았다. 뿐만 아니라 그의 생전에 있어 남들이 지목하기를 지마(志摩)는 한손으로 중국 신시단을 정정한 〈시철(詩哲)〉이라고 했고, 현대시의 동량(棟樑)이라고 한 것은 비록 과분한 평가일는지 모르나 그의 현대 중국시단에의 위치는 누구나 부인치 못할 것이다. 따라서 그가 중국의 현대시단에 남긴 것도 그 내용방

면보다는 형식과 기교방면에 있는 것이니 용운(用韻)이나 비례(比例)에 있어 신규율을 창조한 헌(獻)만이라도 중국시단 전체로 볼 때에는 실로 역사적 공헌이라고 아니할 수 없는 것이다. 그러나 사상방면으로 보면 마침내 유한시인을 면치 못했다는 것은 그의 생활환경과 사회적 지위가 그로 하여금 한걸음도 실제사회의 진실 면에 부딪치게 못하고 개인주의 고성(孤城) 속에 유한시키고만 것이었다. 그러나 그의 작품을 보면 현실의 유대에 말리는 사람들을 위하여 왕왕히 동정과 연민을 볼 수 있다는 것은 단순히 이 시인의 환각만이 아니고 중국사회의 그 시대적 성격과 문단전체의 동향을 짐작해 볼 때 이 시인의 휴머니티를 재여 볼 수 있는 것이다.

배헌(拜獻)

산아 네 웅장함을 찬미해서 무엇하며 바다 네 광활함을
노래한들 무엇하랴 풍파 네 끝없는 위력도 높이 보진
않으리라
　길가에 버려지면 말할 곳도 없는 고아과수(孤兒寡守)
눈 속에도 간신히 피려는 적은 풀꽃들과
사막에선 돌아가길 생각해 타 죽은 어린 제비
그를! 우주의 온갖 이름 못할 불행을 어여삐해
나는 바치리 내 가슴속 뜨거운 피를 바치련다
힘줄에 흐르는 피와 영대(靈臺)에 어린 광명을 바쳐
나의 시(詩)-노래 가락도 요량(嘹喨)한3) 그 동안만이

---

3) 소리가 맑고 낭랑하다.

라도

하늘밖에 구름은 그를 위해 즐거운 비단을 짜리
길-다란 무지개다리가 이러나고 그 들로 끝끝내
소요(逍遙)할 수 있다면야
요량(嘹喨)한 노랫가락에 끝없는 괴롬을 살아지게 하리.

재별강교(再別康橋)

호젓이 호젓이 나는 돌아가리

호젓이 호젓이 내가 온 거나 같이

호젓이 호젓이 내손을 들어서

서쪽 하늘가 구름과 흩치리라

시내가 늘어진 금빛 실버들은

볕에 비껴서 신부(新婦)냥 부끄러워

물결 속으로 드리운 고운 그림자

내 맘 속을 샅샅이 흔들어 놓네

복사 위에는 보드란 풋 나뭇잎새

야들야들 물밑에서 손질 곤하고

차라리 〈강교(康橋)〉 잔잔한 물결 속에

나는 한 오리 그만 물풀이 될까

느릅나무 그늘아래 맑은 못이야

바로 하늘에서 내린 무지갤러라

부평초 잎 사이 고이 새나려와

채색도 영롱한 꿈이 잠들었네

꿈을 찾으랴 높은 돛대나 메고

물풀 푸른 곳 따라 올라서 가면

한배 가득히 어진 별들을 실어

별들과 함께 아롱진 노래 부르리

그래도 나는 노래 쫓아 못 부르리

서러운 이별의 젓대소리 나면은

여름은 벌레도 나에게 고요할 뿐

내 가는 이 밤은 〈강교〉도 말 없네

서럽디 서럽게 나는 가고마리

서럽디 서럽게 내가 온거나 같이

나의 옷소맨 바람에 날려 날리며

한쪽 구름마저 짝 없이 가리라

(년 11월 6일 중국 상해)

이 이상더 지마를 역해본댔자 그것은 나의 정력의

허비 외에 아무것도 아니란 것은 원래에 이 시인의 묘미가 백화를 구라파의 언어 사용법과 같이 부단히 단어를 전도(顚倒)했었는데 있고 백화로 읽을 때에 운율과 격조를 우리말로 이식하기는 여간 곤란한 것이 아니다. 이만하고 두기로 하며 본의로는 좀 더 많은 작품을 역해서 한 사람의 시를 완전히 이해토록 하고자 했으나, 필자의 시간과 생활이 그다지 여유가 없는 것과 재능이 부족함을 심사해두며 이외에도 주상(朱湘), 변지림(卞之淋), 왕독청(王獨淸) 등 유수한 시인들의 중국 현대시단에 남겨준 공적과 작품에 대하여 대개나마 소개해보려던 것이 뜻대로 되지 못했으나 다음 기회에 미루기로 하고 이 고(稿)를 끝내지 않는 것이다.

　　−4월 25일 야 어원산 임해장(於元山 臨海莊)

이육사

(李陸史, 1904.05.18~1944.01.16)

한국의 시인이자 독립운동가

본명은 이원록(李源祿) 또는 이원삼(李源三)

자(字)는 태경(台卿)

아호는 육사(陸史, 대구형무소 수감생활 중 수감번호인 264를 후일

아호로 썼다)

필명은 이활(李活)

본관은 진성(진보)이며, 퇴계 이황의 14대손

1904년 경북 안동군 도산면 원촌리 881번지에서 아은처사인 부친

　　　이가호와 모친 허길 사이에서 5형제 중 차남으로 태어났다.

1915년 조부 이중직이 숙장이었던 예안보문의숙(禮安普文義塾)에서

　　　한학을 배웠다.

1920년 대구로 이사하여 시내에 있는 교남학교(도산공립보통학교)

에서 신학문을 수학했다.

1921년 영천에 살고 있던 안일양과 혼인하였으며, 영천에 있는 백학
서원에서 학문을 연수하였다.

1923년 일본에 건너가 1년여 동안 동경에 있는 대학을 다녔다.

1925년 일본에서 귀국하였으며, 가족이 대구로 이사한 뒤 형제들과
함께 의열단에 가입하였다. 그해 일본으로 잠시 건너갔다 다
시 의열단의 사명을 띠고 북경으로 넘어갔다.

1926년 일시 귀국했다 북경으로 가서 북경사관학교에 입학하였다.

1927년 10월 18일 장진홍의 '조선은행 대구지점 폭파사건'이 일어
나자 일본경찰은 주모자를 체포하기 위해 경북의 경찰, 헌
병, 관공서 직원 등을 총동원하여 과거에 조금이라도 의심이
있던 사람들을 모두 수색 검거하는 가운데 형, 아우 등과 함
께 붙잡혀 대구지방법원에 송치되었다(2년 4개월여 동안 수
감됨). 이때 미결수번호가 264번이었는데 이때 수감번호를
따서 호를 육사(陸史)라 하였다.

1929년 2월 출옥 후 윤세주가 경영하는 중외일보의 기자로 활동하
면서 청년지도 등에 힘썼다.

1929년 11월 3일 광주학생운동이 일어나자 다시 붙잡혔으나 증거불
충분으로 풀려났다.

1930년 다시 중국으로 넘어가 북경대학 사회학과에서 수학하였다.

1930년 조선일보에 「말」을 발표하면서 문단에 등단하였다.

1931년 9월 만주사변이 일어나자 심양(瀋陽)에서 김두봉을 만나 독립운동 방략을 논의한 후 다시 귀국하였다.

1932년 6월 중국 북경에서 만국빈의사에서 루쉰을 만나 동양의 정세를 논하였다(후일 루쉰이 사망하자 조선일보에 추도문을 게재하고 그의 작품 『고향』을 번역하여 한국 내에 소개하였다).

1932년 10월 22일 중국 국민정부 군사위원회에서 운영하는 간부훈련반인 조선군관학교(교장 김원봉, 남경 소재)에 입교하였다.

1933년 4월 23일 조선군관학교를 수료한 후 상해, 안동, 신의주를 거쳐 귀국하여 차기 교육대상자 모집, 국내 민족의식 환기, 국내정세조사 등의 비밀임무를 띠고 활동하였다.

1933년 9월 귀국하여 이때부터 시작(詩作)에 전념하며 '육사'란 이름으로 작품을 발표하였으며 『신조선』에 「황혼」을 발표하면서 문단에 등단하였다.

1934년 신조선사 근무를 비롯하여 중외일보사, 조광사, 인문사 등 언론기관에 종사하면서 시 외에도 한시와 시조, 논문, 평론, 번역, 시나리오 등도 탈고하였다.

1934년 5월 22일 서울에서 일본 경찰에 의해 붙잡혔으나 증거불충분으로 풀려났다.

1935년 시조 「춘추삼제(春秋三題)」와 시 「실제(失題)」를 썼다.

1935년 『개벽』에 「위기에 임한 중국 정국의 전망」, 「중국청방비사(中國靑幇祕史)」 등을 발표하였다.

1936년 「한 개의 별을 노래하자」라는 시를 발표하며 시인으로 활동을 시작했으며, 「해조사」, 「노정기」 등의 산문을 발표하였다.

1937년 신석초 윤곤강 김광균 등과 『자오선』을 발간하여 「청포도」, 「교목」, 「파초」 등의 상징적이면서도 서정이 풍부한 목가풍의 시를 발표했다.

1938년 「강 건너 간 노래」, 「소공원」 등의 시작품과 「조선문화는 세계문화의 일륜(一輪)」, 「계절의 5월」, 「초상화」 등 평론과 수필을 『비판』지와 조선일보, 중앙일보 등에 발표하였다.

1939년 「절정」, 「남한산성」, 「청포도」 등의 시와 「영화에 대한 문화적 촉망」, 「시나리오 문학의 특징」과 같은 영화 예술부문의 평론을 『인문평론』과 『문장』 등에 게재하였다.

1940년 「일식」, 「청난몽」 등을 『인문평론』, 『문장』, 『냉광』 등의 잡지에 발표하였다.

1941년 일제의 조선어말살정책으로 민족혼을 억압하는 상황하에서 건강이 아주 극도로 악화되어 폐를 앓아 성모병원에 잠시 입원 요양하였으나 문필생활은 의연히 계속되어 「파초」, 「독백」, 「자야곡」 등의 시를 지었다.

1941년 중국인 호적(胡適)이 쓴 [중국 문학의 50년사]를 초역하였으나 글을 발표하던 『문장』, 『인문평론』지마저 일제에 의해 폐간되어 발표하지 못했다.

1942년 사실상 유고(遺稿)작품인 시 「광야」를 발표하는 등 시, 수필, 평론, 번역 등 매우 광범위한 문필활동을 계속하였다.

1943년 초 북경으로 독립운동을 위해 건너갔다 4월에 귀국했으며, 6월에 서울 동대문경찰서에 피검되어 북경의 감옥으로 압송 수감되었다.

1944년 1월 16일 북경 주재 일본총영사관 감옥에 구금 중 순국하였다.

1946년 유고시집 『육사시집』이 동생이자 문학평론가인 이원조에 의해 출간되었다.

1990년 정부에서 선생의 공훈을 기리어 건국훈장 애국장을 추서하였다.

**네이버 등 검색엔진에는 이육사의 수감 년월과 사망, 그리고 활동 사항별 년월일의 차이가 많아 다소 알려진 바와 다를 수 있음을 먼저 밝힌다.

**대한민국 정부는 일제강점기 항일 투쟁활동과 일제강점기 詩作활동을 기려 '건국포장', '건국훈장 애국장', '금관문화훈장'을 추서하였다.

**탄신 100주년과 순국 60주년을 기념하여 2004년에는 고향인 경북 안동시 도산면 원촌마을에 '이육사 문학관'이 건립되었으며 시 문학상이 제정되었다. 또한 안동시는 안동 강변도로를 '육사로'로 명명하였다.

이육사 작품 목록

1. 시

1930년 조선일보에 첫 시 「말」 발표

1935년 『신조선』에 시 「춘수삼제」, 「황혼」 발표

1936년 『신조선』에 시 「실제」, 『풍림』에 시 「한 개의 별을 노래하자」 발표

1937년 『풍림』에 시 「해조사」, 『자오선』에 시 「노정기」 발표

1938년 『비판』에 시 「초가」, 「강 건너간 노래」, 「소공원」, 「아편」 발표

1939년 『시학』에 시 「연보」, 『비판』에 「남한산성」, 『시학』에 「호수」,

『문장』에 「청포도」 발표

1940년 『문장』에 시 「절정」, 『인문평론』에 「반묘」, 조선일보에 「광인의 태양」, 『문장』에 「일식」, 『인문평론』에 「교목」, 『삼천리』에 「서풍」 발표

1941년 『인문평론』에 시 「독백」, 『문장』에 「아미」, 「자야곡」, 『춘추』에 「파초」 발표

1944년 1월 16일 순국

1945년 『자유신문』에 시 「광야」, 「꽃」 사후 발표

1946년 『육사시집』에 시 「소년에게」, 「나의 뮤즈」, 「해후」 수록
미상 시 「바다의 마음」, 「편복」 발표

1949년 『주간서울』에 시 「산」, 「화제」, 「잃어진 고향」 발표(2002년 발굴)

2. 한시, 수필

1934년 『신조선』에 수필 「창공에 그리는 마음」 발표

1937년 『풍림』에 수필 「질투의 반군성」, 조선일보에 「문외한의 수첩」 발표

1938년 조선일보에 수필 「전조기」, 「계절의 오행」 발표

1939년 『문장』에 수필 「횡액」 발표

1940년 『문장』에 수필 「청란몽」, 『농업조선』에 「은하수」, 『여성』에 「현주·냉광」 발표

1941년 『조광』에 수필 「연인기」, 「연륜」, 「산사기」 발표

1942년 『조광』에 수필 「계절의 표정」, 매일신보에 「고란」 발표

1943년 한시 「근하 석전선생 육순」, 「만등동산」, 「주난흥여」 발표

**이육사 필명에 대한 사연

이육사라는 필명은 2가지의 사연들이 전해져오는데 하나는 대구형무소에 수감되어 받은 수인번호 '264'의 음을 딴 '二六四'에서 나왔으며, 이육사(李陸史)로 고쳤다 하는 설이며, 또 다른 설로는 이육사가 일본에 대하여 저항운동을 하다가 잠시 검거를 피하기 위해 사촌형이 있는 포항으로 가서 산 적이 있었는데 그의 사촌형 이종형도 역시 한학자로서 명성을 날리고 있던 사람이다. 이육사가 어느 날 사촌 형에게 "형님, 저는 '戮史'란 필명을 가지려고 하는데 어떻습니까?"라고 물었다. 이 말은 '역사를 찢어 죽이겠다'라는 의미였다. 당시 역사가 일제 역사이니까 일제 역사를 찢어 죽이겠다. 즉 일본을 패망시키겠다는 의미였다. 그의 사촌형은 잠잠히 있다가 대답했다. "그래, 네 뜻은 가상하지만 그렇게 쓰면 네 시를 발표도 못하고 당장 잡혀 간다. 하지만 '陸'字를 쓰

라. 이 字는 우리나라 옥편이나 일본 한자사전에는 나와 있지 않지만 중국자전에는 '戮'과 같은 의미로 쓰이니 이렇게 하면 너의 뜻도 이루어지고, 일본놈들이 모를 것이 아니냐"라고 충고해주었다. 이것이 오늘날 '이원록'이 '李陸史'로 불리게 된 사연이다라는 설이 또 있다. 또 다른 필명으로 이활(李活)이 있다.

남경에 있는 한국혁명간부학교(조선군관학교)에 입학하다
1932년 10월 22일 중국 국민정부 군사위원회에서 운영하는 간부훈련반인 조선군관학교(교장 김원봉, 남경 소재)에 입교하였다. 이 훈련반은 김원봉이 황포군관학교 재학 당시 장개석에게 요청하여 설치한 한국 청년간부 속성 양성기관이었다. 조선군관학교는 실전에 응용할 수 있는 능력배양에 중점을 두고 총기사용법 등 군사훈련과 정치, 경제, 철학 등 정신무장과 교양 함양을 위한 과목으로 편성하였으며 훈련기간은 전시(戰時)를 고려하여 6개월 간으로 하였다. 교관은 한국인 20여 명으로 편성하였으며, 지원부서에 약간의 중국 군인이 파견되었다. 교생 전원은 합숙, 수용되고 교내에서는 상관의 명령에 절대 복종토록 하였다.
선생은 이 학교 제1기생 정치조에 소속되어 6개월 동안 비밀통신, 선전방법, 폭동공작, 폭파방법 등 게릴라 훈련을 받고 1933년 4

월 23일 조선군관학교를 수료한 후 상해, 안동, 신의주를 거쳐 귀국하여 차기 교육대상자 모집, 국내 민족의식 환기, 국내정세조사 등의 비밀임무를 띠고 활동 중 1934년 5월 22일 서울에서 일경에게 붙잡혔으나 증거불충분으로 풀려났다.

**이육사의 시 발표는 주로 『조광』, 『풍림』, 『문장』, 『인문평론』을 통하여 1941년까지 계속되었으나, 시작활동 못지않게 독립투쟁에 헌신하여 전 생애를 통해 17회나 투옥되었다. 대표작이라 할 수 있는 「광야」와 「절정」에서 드러나듯이 그의 시는 식민지하 민족적 비운을 소재로 삼아 강렬한 저항의지를 나타내고, 꺼지지 않는 민족정신을 장엄하게 노래한 것이 특징이다.

**시에서 나타나듯 이육사의 일생은 고난과 역경 그리고 광복의 열의와 복국의식(復國意識)으로 점철된 삶이었다. 무한한 사색과 영혼 깊은 곳에서 울어난 시문은 모든 사람의 심금을 울렸으며, 이 민족에게 한없는 용기와 희망을 갖게 하였다. 무려 17회에 걸쳐 옥살이를 하면서도 오로지 독립을 위해 의열투쟁 대열에 앞장섰으며, 육신이 쇠약해지자 민족시인으로서 일제에 대한 저항의식을 불러일으키는 등 암흑기에 주옥같은 많은 작품을 남겼다.

큰글한국문학선집: 이육사 작품선집

광야

© 글로벌콘텐츠, 2015

1판 1쇄 인쇄_2015년 10월 15일
1판 1쇄 발행_2015년 10월 25일

지은이_이육사
엮은이_글로벌콘텐츠 편집부
펴낸이_홍정표

펴낸곳_글로벌콘텐츠
　　　　등　록_제25100-2008-24호

공급처_(주)글로벌콘텐츠출판그룹
　　　　기획·마케팅_노경민　　편집_김현열 송은주　　디자인_김미미　　경영지원_안선영
　　　　주소_서울특별시 강동구 천중로 196 정일빌딩 401호
　　　　전화_02-488-3280　　팩스_02-488-3281
　　　　홈페이지_www.gcbook.co.kr

값 22,000원
ISBN 979-11-5852-064-9 03810